Ina Müller wurde 1965 in Köhlen (Landkreis Cuxhaven) als vierte von fünf Bauerntöchtern geboren. Muttersprachlich plattdeutsch aufgewachsen, erlernte sie ihre erste Fremdsprache (Hochdeutsch) im Alter von sechs Jahren, der Einschulung sei Dank.
Nach ihrer Ausbildung zur Pharmazeutisch-Technischen-Assistentin (PTA) lebte und arbeitete sie in Bremen, auf Sylt und in Hamburg, bevor sie dort 1996 den Kittel an den Nagel hängte und bis 2005 als eine Hälfte des Musikkabaretts ›QueenBee‹ durch Deutschland tourte.
Ina Müller schrieb und las seit 2000 plattdeutsche Geschichten für die NDR-Sendereihe ›Hör mal 'n beten to‹ und moderiert im NDR-Fernsehen ›Inas Nacht‹ und ›Stadt Land Ina‹.
2001 wurde ihr der ›Niederdeutsche Literaturpreis der Stadt Kappeln‹ verliehen. Zwischen 2002 und 2006 erschienen drei Bücher und zwei Hörbücher mit plattdeutschen Texten und 2004 veröffentlichte sie unter dem Titel ›Das grosse Du‹ hochdeutsche Lieder bei Traumton Records.
Im September 2006 erschien unter dem Titel ›weiblich, ledig, vierzig‹ eine CD mit hochdeutschen Songs bei 105music und im März 2008 folgte mit ›Liebe macht taub‹ ein weiteres hochdeutsches Musikalbum. Im Oktober 2008 wurde Ina Müller der Deutsche Fernsehpreis in der Kategorie ›Beste Moderation Unterhaltung: late night‹ verliehen.

Ina Müller

Dree in Een

Quickborn-Verlag

Alle Rechte, insbesondere der Vervielfältigung,
der Übersetzung, der Dramatisierung, der Rundfunkübertragung,
der Tonträgeraufnahme, der Verfilmung, des Fernsehens
und des Vortrages, auch auszugsweise, vorbehalten.

Die in diesem Buch enthaltenen Geschichten sind zuvor bereits
in den Büchern »Platt is nich uncool«, »Mien Tung is keen Flokati«
und »Schöönheit vergeiht, Hektar besteiht« veröffentlicht worden.

Die plattdeutsche Schreibweise ist unverändert von der Autorin
übernommen worden.

2. Auflage 2009

ISBN 978-3-87651-344-7

© Copyright 2009 by Quickborn-Verlag, Hamburg
Umschlagfoto: Peter Hönnemann
Gesamtherstellung: CPI – Clausen & Bosse, Leck
Der Umwelt zuliebe
auf chlorfrei gebleichtem Papier gedruckt
Printed in Germany

Inhalt

Platt is nich uncool. 9
De Buurnhoff. 11
Mien Hobbys sünd: 14
Regionolet Eten! 16
Piercings! 18
De niege Plattenspeler 20
De Liebe op Sylt! 22
De Diätenwahn! 25
Dat Elend mit de
amerikoonschen Wissenschaftlers 27
Schöön inköpen 29
Wiehnachten 32
De Erotik vun Fruuns in %! 34
Körper un Geist 36
Hypochondrie 38
Promis un Ehe 40
Männe 42
De minschliche Balzgesang 44
Männe in de Köök 46
Emanzipatschoon 48
Natüürliche Männe! 50
Klischees över Klischees 52
Nur Äusserlichkeiten 54
Postivet över Männe 56
Penisneid 58
Hanntaschen för Männe 60

Eifesucht	62
Grillen	64
Balkon mit Aussenschalusie	66
Skispringen	68
Keen Tiet to'n Kinnerkriegen	70
Heiroden	72
De ›Albtraum‹ bit't Flegen	74
Karneval	76
De Bohn is pleite	78
Berlin!	81
Multikulti	83
Frühlingsgefühle	86
Allns Logen!	88
Fruunslüüd bi de Bundeswehr	90
Jümmer mehr Geheemtohlen!	92
Mien Tung is keen Flokati	94
De Ünnerscheed twüschen Lösung un Kompromiss!	96
Reflexe	99
Fruun un Football	101
Wen man je schlafen sah ...	103
Öller as Gudrun Landgrebe	105
Ina is krank!	107
De Schöönheitschirugie	109
Jümmer mehr Friseure	112
Textile Prothesen	114
Op de richtige Grötte kummt dat an	116
Geiz is geil	118
Fruun un Alkohol	121
Nichtraucher!	123
Nomen est Omen	125

Op 'n Hund komen	127
Fruunsauna	129
Angst	131
Frogen kost nix	133
De Seele bummeln loten!	136
Frau Help	138
»Nice to meat you«	140
Un Äkschoooon…	142
Nicole	145
Mien Putzmann!	147
De Dokter in'n Blaumann!	149
Mien Schloopzimmerwandschrankspegel un ik	152
Meerschweinchen sünd ›out‹	154
De Bodeantoch	157
Händis	159
Kröten op Motorrad	161
Drinkgeld!	163
Smoker or NO-Smoker	165
Dat niege Geld	167
»Top-Five-Gruppe«	169
Frau Jones	171
Wellness!	173
Echte Prominente	175
Wenn de Buur in Rente geiht!	178
Fröher weer allns… anners	181
Mien Fööt un ik	183
»Der Feind in meinem Bett«	186
Allns genetisch	189
»Frann« ode »Mau« ode »Mansch« ode so!	191

April – April	194
»Coffie to go«	196
Spargel	198
Jenseits von Afrika	200
Sommer in de Stadt	202
Männefööt in Sommersandolen	204
Winterdepression	208
Hamborg, mien ole Hanse!	210
Wiehnachtsglocken	213
Dörpskind ode Stadtkind	215
Een Auto is een Auto is een Auto!	217
De Polizei in Bodebüx	219
Methan-Pupse	221
De Buhmann	225
De Pisspottschnitt	228
Feng Shui op'n Buurnhoff	231
Wo heff ik dat blots överleevt?	234
Jümmer mehr Frünnen!	237
Kontaktallergie	240
De leste Männebastion	242
Adrian	245
Vun Minschen un Diamanten	247
Sport is Mord	250
Wenn de Dschungel röppt	252
Schöönheit vergeiht, Hektar besteiht	254
Wenn ik mol olt bün	256
De Mangelerscheinung	259
Vör de Sekerheitskuntroll	261
Kirschsaft ode Beer?	264
Logorrhoe	266
»Willkommen im Club!«	269

Platt is nich uncool.

Fröher weer mi dat Plattdüütschschnacken jo richtich pienlich! Wenn ik dor so an dink, as ik no School keem, dor kunn ik noch nichmol richtich Hoochdüütsch. Dat keem denn eerst so no un no!
Wi worrn sogor noch opdeelt in de Klasse in de Hohen un de Platten. Ik müss al Hoochdüütsch schrieven, as ik dat noch nichmol richtich schnakken kunn.
Un in de Pubertät, dor worr Plattschnacken eerst so richtich uncool! ... Over sowat vun uncool! Nich genoog, dat en vun Buuernhoff keem, nu müss dat ok noch jeedeen höörn!
Wat heff ik mi schoomt, wenn ik mit Mama dör de Stadt bün un se schnackt platt mit mi. Nich 'n beten wat sinnig, ode dat se flüstern dä – nee – se schnack ganz normol luut, dat dat ok blots jeedeen mitkreeg! »Kiek mol Ina – magst dat lieden« ... quer dör dat Koophuus! Ode wenn denn op de anner Strotensiet en leep den se kennen dä – en ut' Dörp – un se bölken sik op platt quer över de Stroot an – ik wull in'ne Grund versinken.

Lustig worr Platt jo denn eerst, as de Pubertät vörbi weer. As mien eersten Fründ bi uns to Huus mit an'n Disch seet! ... To'n Eten. Jümmer müss ik em anstöten, wenn Oma em wat frogen dä: »Du ... magst du noch 'n poor Klüten?« keen Antwoort! »Ina, mag he noch 'n poor Klüten?« »Oma, dat weet ik doch nich ...« un Oma sä denn: »denn froog em doch!«

Ode wenn Oma em frogen dä: »Na Jung, wat mook de Komiss?« ... dor hett he denn jümmers 'n beten koomisch keken.

Over so richtich bruken kunn ik dat Platt eegentlich eerst, as ik mit mien Swestern in de Disco weer! Sinnich schnacken gung dor jo nich, dor weer de Musik to luut. Over luut op Platt schnakken, so dat di nüms versteiht, dor mookt dat Aflästern so richtich Spooß.

Dat güng denn so: »Du, mütt 'n mit so 'n Moors nu noch so 'n Büx anteihn?« Ode »Kiek mol dor, de süht op 'n Kopp over ok ut as Grete Weiser ünnern Arm«.

Un weet ji wat dat schöönste is?

Wenn mien Frünnen vendoog höört, dat ik platt schnacken do, denn seggt se jümmer all »Ey – is das Plattdeutsch – das is ja cool!«

De Buurnhoff

Born un opwussen bün ik op'n Land! Dor wo dat Land so platt as 'n Pannkoken is! Wo de Lüüd noch 'n ›unverkrampftes Verhältnis zu natürlichen Ausscheidungen‹ hebbt ... op 'n Buurnhoff.
Dat is nu al 'n ganze Tiet her. Vun BSE wüssen wi dor noch nix vun af un de ›Landwirtschaftsministers‹ weern domols ok noch wat dicker as vendoog. Domols kunn een ok noch richtich över de Wischen kieken – kilometerwiet. Vendoog geiht dat doch meist nich mehr ... dor is en doch meisttiets de Blick versperrt dör düsse groten Siloründballen, de dor op de Wischen rümliegt ... as of de en verloren hett. Un dat dickste Ei is, dat de ok noch in witte Plastikfolie verpackt sünd. Wokeen is dor blots op komen? Witte Plastikfolien? Woso nich grööne? Ode mit ›Tarnfarbenmuster‹, ode wat mit Blomen? Dor kannst' twors ok nich beter dörkieken, over dat süht doch allemol beter ut as witt. Un de Buurn mööt doch keen Angs hebben, dat se de Dinger nich wedderfind, blots wiel se gröön sünd! De sünd doch dreemol so groot as de

Reifens vun ehre niegen, huushogen, överbreden Treckers.

Dat is ok so 'n Ding. Düsse niegen Treckers. De sünd so luut, dat de Buur dat sülvst op'n Trecker ohn Ohrstöpsels gor nich uthöllt. Wenn de Dinger so an mi vörbijoogt, denn much ik mi meist in 'n neegsten Strotengroven schmieten ... 'n F 16 in 'n Deepflug is gor nix dorgegen.

Over ik wull jo vun mien Kinnertiet vertellen. Vun domols, as de Öllern noch meent hebbt, se bruukt ehr Kinner nich opklärn ... de schulln sik dat man allns bi de Tiern in de Natuur afkieken. Blots dat güng gor nich. Wenn bi uns op'n Hoff 'n Koh bullen dä, denn müssen wi Kinner jümmer los un 'n Zeddel bi Heini Brüns in Kasten schmieten un an 'n neegsten Dag keem de ›Besamungstechniker‹: Unkel Kikowitsch.

Unkel Kikowitsch weer Tscheche. Un de keem jümmer op de Deel roplopen, trock de groten rosaroden Plastikhannschen an un reep jümmer ganz luut mit sien' tschechischen Akzent: »Hat sie schonn gebrillt, hat sie schonn gebrillt?«

Un bit ik 14 weer heff ik dacht, dat all de lütten Kinner op de Welt vun Unkel Kikowitsch koomt. Ik heff nich an den Klapperstorch glöövt, blots an den ›Besamungstechniker‹. Un dat Blöde weer, jümmer wenn ik mi wedder 'n ›kleines Brüderchen‹ wünscht heff, bün ik los un heff 'n Zeddel bi Heini Brüns in 'n Kasten schmeten. Un dat

hett natüürlich ok nich richtich funkschioneert.
Dor sünd man blots ›4 Schwesterchen‹ bi rut komen.
Ach jo, so weer dat domols, bi uns achtern Moond.

Mien Hobbys sünd:

Wenn mi en froogt, wat mien Hobbys sünd, denn krieg ik jümmer 'n roden Kopp. Wiel mi nix infallt, all nix, wat Indruck mookt!
Dat weer over al jümmer so! Blots vendoog belast' mi dat gor nich mehr!
Over in de Pubertät, wo du wegen jeedeen Quatsch al 'n roden Kopp kriggst un wo jede tweete no dien Hobbys froogt, dor hett mi dat richtich ferdich mookt!
Ik weet dat noch, dat ik eenmol in mien Leven vun 10-Meter-Turm sprungen bün un dat ik denn seggt heff: »Mein Hobby ist Turmspringen!« Un – zack – harr ik 'n roden Kopp. Wiel ik logen harr! Un natüürlich froog denn en ok mol no, of ik denn 'n ›Hechter‹ ode 'n ›Oxford‹ ode 'n ›Havanna‹ springen kunn. Un wiel ik nu blots ›Arschbombe‹ kennen dä, wat ik natüürlich nich luut seggt heff, weern mien Hobbys vun nu an over ok ganz gau ›reiten-schwimmen-lesen‹!
›reiten-schwimmen-lesen‹ seggt se domols all un ik wüss, se kunn' all so goot ode so slecht ›reiten-schwimmen-lesen‹ as ik!

Over wat schull ik denn ok seggen? ... »mein Hobby ist Kühe melken!« Dat weer doch dat, wat ik domols würklich jeedeen Dag doon heff un dor wüss ik Bescheed! Ik wüss, woans en bi de Koh den Schwanz dreihen müss, dat se nich haut wenn se molken warrt, un wo en dat Euter schüern müss, dat de Melk dor beter ruutkeem. Över't Melken harr ik stünnlang vertellen kunnt! So as annere över't Segelflegen ode Surfen. Ik kunn sogor ›Melkwitze‹ vertellen: »Party op'n Buurnhoff. Dat weer een lange Nacht ween. De Blondine wookt op, mit ehrn Kopp leeg se ünner'n Euter un se seggt: Oh, Jungs, over een vun ju bringt mi noher no Huus!«

Vendoog, wenn mi en froogt, wat mien Hobbys sünd, denn segg ik eenfach de Wohrheit. Mien Hobbys sünd ›schmöken‹ un ›schoh-anprobeern‹! Dat sünd Talente, de heff ik arft. Dat ›Schmöken‹ heff ik vun mien Papa un dat ›Schoh-Anprobeern‹ heff ik vun mien Mama.

Ik kann an Schohlodens nich vörbi. Ik mütt dor rin. Un wenn ik nich Schohgrötte 38 harr, denn wörrn bi mi to Huus woll 100 Poor Schoh stohn. Over so, mit 38, kann mi dat gor nich passeern! 38 is jümmer al weg! Wiel se all 38 hebbt. Un wenn 38 denn doch mol dor is, denn desterwegen, wiel de so groot utfallt, dat ik 37 bruuk, over denn is 37 nich mehr dor. »Nur das, was da steht!« Ik kann't nich mehr höörn!

Regionolet Eten!

Ik leev jo nu al siet twee Johr in München! Un mi gefallt dat dor richtich goot. Dat mag dor an liggen, dat de Bayern un de Noorddüütschen beide so – na, seggt wi mol – Natuurvölker sünd. Dat fallt mi jümmer wedder op, wenn ik so sehg, wat de Bayern eten doot. Ik meen, vun de Natuurvölker weet en jo, dat de meist allns wat so 'n Tier hergifft ok verwerten doot. Dor warrt genau oppasst, dat blots keen Stück Darm, nichmol de Blinddarm, den ›natürlichen Nahrungskreislauf‹ verloten deit.

Nich dat ik dat vun to Huus nich kennen do. Bi uns op'n Buurnhoff, wenn dor 'n Swien slacht worr, dat weer 'n Fest. Wat harrn wi as Kinner för 'n Spooß, wenn de Slachter opletzt den Steert vun dat dode Swien afsnieden dä un wi kunnen Oma den Steert bi 't Wustmoken achtern an de Schört binnen. Un denn geev dat doogelang Swattsuur, dat is düsse Blootsupp, de mit Mehl so 'n beten andickt warrt, mit örnich Speck dorbinnen un Puikens. Un ut den Rest dorvun worr denn Gört mookt. Gört weer: Allns nehmen wat noch rümleeg un gau dör de Wustmaschien dreihn. Ik heff dat jümmer noch in de Ohrn: »Erika, wo kümmt dat hin?« »Och, Sine, dat schmiet man mit in'ne Gört!« Un in de Gört, dor is an 't Enn denn woll ok jümmer de Swienssteert mit rinkomen, wenn Oma den an ehr Schört wies worrn weer, un em – zack – noch gau mit dördreihn dä.

Ik glööv, Gört, Swattsuur un Bregen, dat itt vendoog in Noorddüütschland meist keen Minsch mehr – to'n Glück.

Blots hier in Bayern, dor is so 'n Eten jümmer noch normool. Hier nöömt se dat sogoor ›Schmankerlküche‹. Hier findst du op jeede Spieskoort ›Saures Lüngerl‹, ›Knöcherlsülze‹ un ›Hirnsuppe‹. Blots annerdoogs, as ik hier in en Weerthuus seet un as ›Tagesgericht‹ geev dat ›gebackenes, warmes Euter‹, dor kreeg ik op eenmol so Wehdoog in de Kneen. Worüm in den Kneen froogt ji nu? Wiel sik mien Tohnnogels vör Ekel bit no de Kneen hoochrullen dään. Ik kunn man jüst noch mien Hanntasch vör de Böst drücken un af vun Hoff!

Piercings!

Fröher weer dat jo so wenn 'n Mann tätowiert weer, denn wüss en jümmer ›ach, dat is 'n Seeman‹. De harr denn 'n groten bunten Anker op sien Arm, ode 'n noch gröttere bunte nokte Fruu, ode mannigmol ok beides.
Vendoog mutt dat desterwegen keen Seemann mehr ween.
Vendoog is dat ›in‹. Un dat al siet 'n poor Johr.
Un nich blots dat Tätowieren! All mööglich Metalldinger loot se sik dör all möögliche Organe jogen ... dör Näsen-Lippen-Tungen un Buuknovels.
Nu in 'n Sommer kannst' dat jo ganz goot wedder sehn.
Annerdoogs leeg en in de Sünn, de harr dor groot ›Isabella‹ op sien Arm stohn. Naja, dink ik, dat is denn woll Isabella, de dor neven em liggt un em den Kopp krault. Bit he ehr luut achterno röppt: »Gaby, bringst Du mir 'ne Cola mit?« Aha, dink ik, Gaby!
Un ik froog mi, wo Isabella woll rümliggt un wat de woll op ehrn Arm stohn hett? Klausi forever?

Gaby weer nu nich tätowiert. Gaby harr 'n Buuknovel-Piercing, dat kunnst over gor nich sehn, wenn Gaby stohn dä. Dor weer eenfach to veel Buuk un to wenig Novel för so 'n lüttjet Piercing.

Un wiel ik, wat Mode angeiht, eegentlich jeedeen Blöödsinn mitmook, froog ik mi, woso ik Tätowieren un Piercings woll so doof find. Villicht heff ik dor eenfach 'n annert ästhetischet Föhlen.

Un ik weet, dat wenn wat ›in‹ is, dat dat denn ok bald wedder ›out‹ is. Un wenn so 'n Piercing denn wedder ›out‹ is, denn hest Du dor düsse dicken Löcker merrn in't Gesicht, ode in de Tung, ode sünstwo.

Un wenn ik mit en schnacken do, de so 'n Ring in de Nääs hett, denn kann ik den gor nich mehr in de Ogen kieken. Ik kiek man jümmers blots op düssen wackelnden, unapptitlichen Nääsring un froog mi, wo he dat woll mit sien ›Nasenhygiene‹ hinkriggt.

Ok mütt en doch dor an dinken, dat nich blots so 'n Tätowierung öller warrt, ok de Huut warrt jo öller. Wenn ik mi vörstell, ik harr mi nu so 'ne Roos op'n Moors tätowiert, un beides, de Roos un de Moors, warrt nu vun Johr to Johr schrumpeliger. Denn süht an 't Enn nich blots de Moors ut as so 'n Appel no Pingsten, nee, denn hest du dor ok noch 'n Roos op sitten, de utsüht, as harr se al den eersten Fröst afkregen.

De niege Plattenspeler

To mien' lesten Burtsdag heff ik 'n Plattenspeler kregen. Mien' olen is al lang kaputt, de hett sik kaputtstohn un dor heff ik em wegschmeten! Un 'n niegen heff ik gor nich bruukt, wiel Plattenhöörn jo al so lang so out weer!
Un nu kummt dat allns wedder ... de olen Hits, de se nu wedder nie produzeert. Un wenn ik so 'n niegen olen Hit in't Radio höör, denn bölk ik jeedeenmol ganz luut: ahhh, dat kinn ik, dat is al old ... dat heff ik fröher al op Platte hatt ...
Un denn heff ik de ganze Nacht seten un mi de olen ›Supertramp‹ un ›Barclay-James-Harvest‹ un ›The Sweet‹ un ›Susi Quattro‹ Schinken wedder anhöört ... dat hett mi richtich melancholisch mookt!
Un all de Kids vun vendoog dään mi op eens richtich leed, wiel se ni nich 'n Plattenspeler hatt hebbt. De kinnt blots CD's ... un Walkmänners. De weet ok gor nich, wo dat is mit 'n Fernseher mit blots dree Programme un ohn Fernbedeenung! Ode wokeen ›Mork vom Ork‹ weer un woso de jümmer »nannonanno« seggt hett. Un

»The day after«, dat is för jem ok woll mehr 'n To-
stand as 'n Film. För jem weer Michael Jackson ok
al jümmer witt in't Gesicht ... un »Treets« ode
»Raider der Pausensnack« kennt se ok nich mehr!
Se hebbt sik ok ni nich Gedanken moken müsst,
wokeen woll domols JR dootschoten hett ... wenn
se överhaupt noch weet, wokeen JR eegentlich
ween is! Un se hebbt ok ni nich ›schlaflose
Nächte‹ hatt, wiel se den »Weißen Hai« sehn
hebbt ... wat mi bit vendoog noch ganz ferdich
mookt. Minsch, do heff ik 'n Trauma vun. Jeed-
eenmol, wenn ik bit to'n Hals in't Woter stoh,
denn dink ik an de Titelmelodie vun'n »Weißen
Hai« ... dum-dum-dum-dum ... un – zack – denn
loop ik, so gau ik in't Woter lopen kann an't
Land ... un denn arger ik mi wedder 'n Knast ...
wiel nix so blööd utsüht, as 'n Fruu in 'n Bikini, de
panisch versöcht, gau ut dat Woter rut to komen
un dorbi over no vörn 'n Gesicht moken deit, as
wenn nix los weer ... also ünnen op de Flucht ...
un boven lachen! Op so 'n poor Soken vun do-
mols ... dor harr ik goot op verzichten kunnt ...
dum-dum-dum-dum ...

De Liebe op Sylt!

Wenn en as Fruu op Sylt leven un arbeiden deit, denn verliebt en sik nich in Touristen! Dat geiht nich! Wenn en dor leevt, find' en Touristen doof! De mookt allns kaputt un freet den ganzen Dag soveel Fisch, dat se dat ohn ›Renni-Tabletten‹ gor nich uthoolt!

Ik weet dat, ik heff veele Johrn op Sylt leevt un in 'ne Aftheek arbeit … gegenöver vun ›Fisch Gosch‹! Köönt ji sik vörstellen, wat dat heet? Dor sünd den ganzen Dag Touristen in 'ne Aftheek komen un jem hett de Fisch noch twüschen de Tään hungen un allns müssen se mit ehr Fischfingers anfoten un wenn se mi den vertellt hebbt, wat jem fehln dä, denn flogen dorbi ganze Matjesstücken op mien' Kittel.

Besünners schlimm weer dat bi schlecht Weder! Dor weer de Aftheek jümmer rappelvull! Dor kemen se sogor un hebbt no de Ozonwerte froogt! Wat wüss ik denn vun de Ozonwerte af? Naja, heff ik dacht, dat köönt ji hebben … un heff denn jümmer seggt ›140‹ … un denn weern se tofreden … 140 hebbt se goot funnen!

Un bi goot Weder, dor weer nüms to sehn! Dor hebbt se all in de Dünen legen un hebbt ›hemmungslosen Sex im Freien‹ hatt. Free no dat Motto: »De Sünn, de schient; de Muschi grient; dat Ding dat steiht; ik glööv dat geiht!« – Du ... un ›Sex im Freien‹, dat höört sik jo eerstmol gesünner an, as dat is! De ›Inkubationszeit‹ op Sylt duur genau twee Doog ... denn weern se all al wedder dor ... un holen sik bi mi ehre ›Partner-Kombipackung‹ ... Canesten, ode Fungizid ... un dat hett nu nix mit Pizza to doon ...!

Anners weer dat mit de Männe vun't Festland! Also de, de ik op Festland kennlern dä. Wenn en dor mol ünnerwegens weer un sik so 'n beten gohn leet un denn düssen ›verhängnisvollen Satz‹ seggen dä: »Du, komm mich doch mal auf der Insel besuchen!« ... denn heff ik dormit meent, miet di doch mol 'n Zimmer un wenn du denn dor büst, denn kann' sik jo mol op 'n Beer dropen.

Jo, blots denn kemen de würklich. Stünn vör de Döör, wulln in mien Wohnung ... un jümmer ohn Schloopsack! Un du weetst dat genau: Klock halvig twölf geiht de leste Autotuch trüch no't Festland ... un bit dorhin müsst du weten: blifft he ode mütt he wedder rop op den Tuch!

Dat mütt 'n sik mol vörstellen! So Fruuns op't Festland, de köönt dat de ganze Nacht entscheden, wi op Sylt man blots bit Klock halvig twölf! Un in 'n Schnitt kann ik seggen: vun dree Jungs

23

müssen twee wedder op'n Tuch. Un bi den drütten, dor müss ok al allerhand tohoop komen: de müss goot utsehn un over ok noch schnacken köön'.
Ik harr over domols oftins dat Geföhl, dat de Männe, op de en op Sylt eegentlich de ganze Tiet töövt hett, dat de förwiss jümmer no Baltrum föhrt sünd!

De Diätenwahn!

»Hasch mich, ich bin der Frühling« heet doch eegentlich: quäl di, nu müsst du wedder afspekken!
Arms un Been, Buuk un Moors ... allns harr ik över Winter so schöön inpackt un dat süht nu, wo ik dat wedder utpacken do, gor nich mehr sooo schöön ut!
Un dat warrt Johr för Johr wat schlimmer! As eerstet hool ik mi mol de Woog wedder rut. Ik heff so 'n ganz normole Woog, een wo en noch mit de Hand den Wieser op ünner Null stellen kann, nich so 'n unmanipulierboret digitalet Ding! Dat Ünner-Null-Stellen is nämlich ganz wichtich: ik treck jeedeen Morgen erstmol twee Kilo för mien T-Shirt un mien Ünnerbüx af ... un denn noch mol twee Kilo för ›Diverses‹. ›Diverses‹ heet: wenn ik den Ovend vörher veel eten heff, denn mütt ik dat jo den annern Morgen ok wedder aftrecken ... dat is jo man blots 'n ›durchlaufender Posten‹.
Dat heet, de Dag fangt mit minus veer Kilo an ... un denn goh ik ganz langsom op de Woog ... an 'n

besten eerst noch an wat fastholen un wenn ik richtich op de Woog stoh ganz sinnich losloten … un dorbi de Luft anholen … un denn ganz sinnich no ünnen kieken … süh, dat heff ik mi dacht!

Ik roop glieks in mien Fitness-Center an un mook dor wedder 'n ›Ein-Jahres-Vertrag‹. Dat mook ik jeedeen Fröhjohr so, ofschoonst ik genau weet, dat ik dor ni nich hin goh! Dorno goh ik op'n Böön un hool de olen Sommerklamotten vun't leste Johr wedder ut 'n Kuffer … un weet ji wat … de sünd all inlopen. Dat is ok ganz koomisch: wenn en Sommerklamotten 'n lange Tiet op'n Böön in'n Kuffer liggen hett – zack – loopt de in! Also allns rinn in Büdel un af in de Tünn!

Un denn los no'n Supermarkt. Dor stoh ik an't Köhlregool un pack allns in mien Wogen, wo sowat as ›Halbfett‹ ode ›Fettarm‹ opsteiht. Neven mi steiht 'n Mudder mit ehrn lütten Jung un se deit dat sülve as ik! De Jung nimmt 'n Packung H-Melk in de Hand un wiel he dat wull jüst lernt, fangt he langsom dat Lesen an: »Fett…ar…me« – denn knippt he sien Mudder in'n Arm un seggt: »Du Mama, du hast auch Fettarme, nech?«

Dat Elend mit de amerikoonschen Wissenschaftlers

Rin in de Kantüffeln – rut ut de Kantüffeln ... hin un her un hüh un hott! Vendoog seggt se so, morgen seggt se so un ik bün jümmer so blööd un glööv dat all. Wiel ik nich anners kann. Wiel de Berichte jümmer anfangt mit: »... nun haben amerikanische Wissenschaftler festgestellt, dass ...!«
Un denn krieg ik ganz groote Ohrn. Wiel de dat jo weten mööt, dink ik, dat sünd Wissenschaftlers! Jeedeen vertellt di, wat goot för di is ... un wat nu nich mehr goot för di is!
Ik meen, Spoort t.B.: as ›Squasch‹ in weer, dor fung ik an ›Squasch‹ to spelen – zack – heet dat – nee, blots keen ›Squasch‹, dor mookst du di de Knoken mit twei. Lever ›Joggen‹ – joggen is goot – un ik jogg un jogg. Un nu seggt se: Nee, blots nich joggen, dor mooktst du di de Kneen mit twei. ›Walken‹ is nu in. ›Walken‹ heet: ganz gau gohn in Joggingbüxen un wo blööd dat utsüht, dat kann 'n sik vörstellen!
Ode Rootwien ... wat hebbt se al schreven över Rootwien. Keen veel Rootwien drinkt, de kriggt ok keen Hartinfarkt! »Zwei Gläschen für die Ge-

fässchen« ... vun wegen – seggt se vendoog – allns quatsch. Schnaps is Schnaps ... un Schnaps mookt krank!

Jümmer gifft dat niege Studien över Schlopen! De een seggt: keen veel schlöppt, de warrt veel öller. De anner seggt: keen veel schlöppt, de warrt krank un depressiv. Un de drüdde seggt: keen veel schlöppt, de warrt twors krank un depressiv over dorbi ok ganz oolt!

Un Vitamine. Vitamin C – ganz wichtich – hebbt se seggt – ganz veel Vitamin C – un bumms – seten se all bi'n Dokter mit ehre Nierensteen.

Un wenn ik an all de Diäten denk, mit de se al veele Johrn de ›Frauenzeitschriften‹ vull kriegt. Jümmer wat Nieges. Eenmol seggt se: blots Ei eten! Denn heet dat: blots Obst eten! Denn seggt se: blots Nudeln eten, ode gor nix eten. Meddags as 'n Köönig eten un ovends as 'n Bettler! Nee, doch nich, lever fief mol an Dag eten ... un wat seggt se nu? Nu seggt se: blots keen Diäten moken, wegen den Jojo-Effekt!

Wenn ik dat neegste Mol ›amerikanische Wissenschaftler‹ höör, denn stopp ik mi gau den Rest vun mien Vitamin C Pillen in de Ohrn un speel op mien Squaschschläger ganz luut Luftgitarre!

Schöön inköpen

Keen hett eegentlich erfunnen, dat en seggt: »Schöön inköpen«?
Ik meen, en kann sik 'n schönen Dag moken, ode en kann inköpen, over ›schöön inköpen‹, dat heff ik noch nie beleevt!
Vör 'n poor Doog weer dat wedder so wiet. Ik stoh vör mien Kleederschapp, un …? Nix binnen! Also nix, wat en noch antrecken kunn. Over dat is bi Fruuns hormonell bedingt, ode dat liggt in 'ne Gene … dat se so op'n Slag blind warrt, wenn se in ehr Kleederschapp kiekt!
Ik stoh mannigmol stünnenlang ohn mi to rögen un kiek in 't Schapp … meistiets bit mien LAG, also mien ›Lebensabschnittsgefährte‹ rinkummt, mi in Arm nimmt un seggt: »Liebling, ik glööv, du bruukst partu wat Nieget to 'n Antrecken.« Un he hett Recht! Ik mütt los – inköpen – ›schöön inköpen‹! Man blots de Stress geiht al dormit los dat ik keen Parkplatz finnen do. Ik meen, dat mütt gor keen ›schöön Parkplatz‹ ween … man so 'n lütt Lock to 'n Rinquetschen. Over dor is nix to finnen! Also stell ik mi mol wedder ›schöön in't Hal-

teverbot‹ un loop dör 'n Regen gau in't eerste groote Koophuus! Ik quetsch mi dör de Minschenmassen un heff dat Geföhl, dat nich blots ik, nee, ok all de annern Fruuns ut düsse Stadt, blind för ehr Kleederschapp stohn hebbt! Na, egool!

So as eerstet nu de Froog: wat för 'n Grötte? Noch 38 ode al 40 – dat is ganz wichtich för de ›Resttagsstimmung‹. Koom, Ina, positiv dinken ... ik glööv ganz fast an 38!

Ik finn 'n Capri-Büx, 'n grönen Rock un twee Pullovers ... un froog de Verköpersch: »Kann ich das 'mal anprobieren?« – »Ja, gerne, da drüben bitte!« un wiest op dree lange Slangen vör dree lüttje muffige Ümkledekabinen! »Bitte nur 3 Teile mit in die Kabine nehmen!« ... oh, dink ik, dat kannst du hebben. De Büx kann ik jo al mol in de Slang anproobern. Ik harr 'n Rock an un as an 'n Strand mit 'n Hanndook trock ik nu de Büx ünnern Rock ... batz keem de Verköpersch anschoten: »das geht aber nicht, wenn das hier jeder machen würde, wo kämen wir da hin?«

»Naja«, segg ik, »bit to de Kneen!«

»Wie bitte?« froog se ...

»Nix!«, segg ik.

Ik harr de 38er Büx man blots bit to de Kneen hooch kregen ... de müss mindst 42 ween ... un 42 ... dormit wull ik mi den Dag nich noch kumplett versaun!

Also, dat ganze Tüüch wedder trüchhangen un nix as rut un af no Huus …! Blots denn is wat koomisches passeert. Ik stoh op de Stroot vör mien Parkplatz un kunn mien Auto nich sehn … ik weer woll blind. Blots düttmol weer de Blindheit nich ›hormonell bedingt‹ – nee, se harrn mien Auto afschleept – zack … »schöön' Dank«!

Wiehnachten

Eegentlich weer dat doch düt Johr an't Enn vun den August al so wiet! Ik leep noch plattbarft dör de Gegend un üm mien Been weih mi noch dat Sommerkleed, dor legen doch bi Aldi al de eersten Christstollen rüm.

Marzinpankantüffeln in August. Un ut de Luutsprekers höör ik Rudi Carells »wann wirds mal wieder richtig Sommer«. Un ik weer bang, dat mi glieks de Ruuch vun Punsch dör de Nääs trecken deit.

Fröher weer dat doch eegentlich jümmer so de eerste Advent. Vun den eersten Advent an güng dat doch los. Zack, hüngen de Lichterkeden, de eersten Dannentelgen rin in de Voos, Marzipan op den Disch un ferdich.

Ik glööv jo, dat geiht al allns so fröh los, wiel uns de Tiet twüschen Pingsten un Wiehnachten to lang warrt. Dor fehlt uns eegentlich noch so'n richtich groten Fierdag. So wat as Wiehnachten, over dat denn an't Enn vun den August, ode Anfang September.

Dor müss en eegentlich mol nokieken, of dor nich

fröher noch so een wichtigen Minschen born worrn is. Een, den wi eenfach blots översehn hebbt.

Keen weer eegentlich de ›heilige Strohsack‹? Ode de ›heilige Bimbam‹? Wi kennt all jehre Nooms, weet over gor nich wonehr de born sünd, wo de mit Vörnoom heet un wat de mookt hebbt. Villicht kunn' de ganz dulle Kunststücken, de Karl Strohsack ode Ernst Bimbam. Sünd doch jümmehin heilich.

Un düt ›sik gegensiedig besinnungslos schenken‹, dat wörr sik doch ok so'n beten relativieren, harrn wi man 'n poor Fierdoog mehr.

Lest Johr heff ik mi vun mien Fründ Dessous wünscht. Dat is wat persönlichet, heff ik dacht, un motzt de wat schwächelnde Libido wedder so'n beten op. Wi sünd denn ok tohoop los un dor is bi rutsuurt, dat he twee Stünn in de Video-Afdeelung steiht un ›Playstation 2‹ speelt, un ik em an't Enn mit teihn Poor grote, bequeme, kookfaste Boomwullschlüpfers in de Tüüt wedder dor afhoolt heff.

»Wies mol«, seggt he.

»Dor«, segg ik.

»Oh«, seggt he, »Segelmacherei Meyerdierks lässt grüssen, oder was?«

De Erotik vun Fruuns in %!

Annerdoogs heff ik leest, dat 'n Fruu 10 % vun ehr ›Erotische Ausstrahlung‹ verleert, wenn se sik sülvst in'ne Öffentlichkeit ehr Zigarett ansteken deit ... sik sülvst Füer gifft! Ik froog mi, keeneen sett sik dor nu hin, un schrifft so'n Mumpitz op? Mit wat för'n Maschin meet de woll nu de ›Erotische Ausstrahlung‹ vun Fruuns in %?

Ik heff dorüm sülvst mol 'n poor Männe froogt, wat de an Fruuns woll so ›unerotisch‹ finn' dot ... un de Antworten weern so verscheden as de Männe sülvst.

De een seggt »wenn 'n Fruu anfangt un över Horoskope schnackt« ... jo, dat sehg ik in ... ik meen, dat geiht mi ok so ... wenn mi 'n Mann as eerstes froogt, wat ik woll för'n Steernteken bün, denn is de för mi al so unerotisch' as 'n Stück Swattbroot.

De anner seggt »wenn so'n Fruu för dull in't Gesicht schminkt is« ... dat kann ik ok verstohn ... wenn so'n Mann toveel Schminke in't Gesicht hett, denn will ik vun den nix weten ... de vun mi over meisttiets ok nich!

Un de neegste seggt »wenn twee Fruuns tohoop op't Klo loopt« ... dat glööv ik, dat heff ik bi Männe ok noch nich beleevt ... dor kinn ik dat ehrer ümgekehrt ... de suupt un suupt un kaut mi so lang 'n Ohr af, bit ik jem froog, of se denn gor nich mol no't Klo hin mööt?

Nu froog ik mi blots, wat dat all so in % för de ›weibliche Erotik‹ utmoken deit? Dat kunn' mi de Männe ok nich seggen!

Un wat hett dat Leven nu noch för 'n Fruu proot, wenn se mit toveel Schminke in't Gesicht in 'n Kneipe sitt, mit'n Mann över Horoskope schnackt, sik dorbi ehr Zigarett sülvst ansteken deit vör se mit ehr Fründin mol gau tohoop op't Klo löppt!

Dat eenzig, wat ik weet is, wenn ik so'n Blöödsinn lesen do, denn reegt mi dat jümmer so op, dat ik dorbi op een Schlag mehr as 50 % vun mien ›erotische Ausstrahlung‹ verleer ... un denn kummt dat op een Zigarett mehr ode weniger ok nich mehr an!

Körper un Geist

Oh, ik kenn dat al ... ik ligg in't Bett un föhl mi jichtenswo schlecht! Eenfach so ... un ik weet al genau, wat glieks wedder kummt: af Morgen warrt allns anners!
Ik will ennlich weniger schmöken un överhaupt eegentlich will ik ganz ophöörn. Un af Morgen: Spoort! Ik mütt för wiss Spoort moken! Af Morgen: weniger schmöken un Spoort un ... fröher opstohn! Nich jümmer in't Bett bit in de Poppen schlopen! Ik will oplest mol wat vun'n Dag hebben – Carpe Diem – af Morgen: fröh opstohn un denn Spoort! Lopen – lopen is goot – een Stünn lopen – un op'n Weg no Huus – frischet Obst köpen – dat mit de Kekse an'n Morgen mütt ophören – af Morgen – Müsli un frischet Obst – eerst fröh opstohn – denn lopen – denn Müsli un Obst – denn Zeitung lesen – mol richtich – ok wat nich interessant is – allns lesen – mol 'n beten wat doon för 'n Kopp – af Morgen ... denk ik noch, vör ik so wegratz!
Blots: ik kenn dat al: opwoken do ik denn middags. Un lopen? ... ik mütt eerstmol richtich gohn

köön'n ... un de Klüsen opkriegen ... vunwegen lopen ... to'n Fröhstück natüürlich dat sülve Keksgedööns as jümmer ... is jo keen frischet Obst in't Huus, wovun ok? De Zeitung hebbt se wedder klaut – also doch Fernseh kieken – Fernsehn to't Fröhstück – un dor löppt ... na wat woll ... Spoort! Blots as ik düsse verkrampften, mit Muskeln bepackten Hoochleistungsminschen sehn do, dor fallt mi düsse Spröök in ... de vun den gesunden Körper un den gesunden Geist! Un dat de gesunde Geist man blots in den gesunden Körper leven kann. Un ik froog mi, woso dat jümmer mehr ›Sport-Psychologen‹ gifft. Dor stimmt doch wat nich!

Ik glööv, dat sik mien Geist un mien Körper ok ohn Spoort ganz prächtich verstoht. Dat sünd, wenn du so wullt, Kumpels. De beiden sünd sik jümmer ennich! Wenn mien Geist denkt ›Oh, nu bruuk ik over 'n Zigarett‹, denn loopt mien Been ok al los!

Hypochondrie

Jeede tweete Düütsche is krank, ode seggt wi mol, jeede tweete Düütsche meent, dat he krank is. Un ik höör dorto! Ik bün meist jeedeen Dag so'n beten krank! Ik heff jümmer jichtenswat!
Annerdoogs weer dat mien lütten Tohn. Dat weer villicht schrecklich! Dor harr ik so'n pieren binn … 'n poor Doog lang. Dat güng gor nich wedder weg. Un för mi weer klor, dat is Gicht, ode dat warrt 'n chronische Polyarthritis.
Dat heff ik annerdoogs bi Fruu Dr. Antje Kühnemann sehn. Dor seet en, de jüst dat sülve harr as ik. Süh, denk ik, un denn fang ik an, un lees allns över Gicht un allns över Polyarthritis no … in'n Pschyrembel. Dat is dat dicke grööne Book mit düsse schrecklike Biller dor binn. Ik glööv, dat is dat beste ›Standart-Nachschlagewerk‹ för ›Hypochonder‹, wat dat överhaupt gifft. Dor kannst' an Anfang al mol kieken, woans dien niege Krankheit woll in'n poor Weken utsüht.
Denn goh ik in de Aftheek un pack dor eerstmol mien lütten Tohn op'n Disch. Een Aftheker un twee PTA's stoht üm mi rüm. So schlimm is dat.

He kunn den lütten Tohn ruhich mol anfoten, sä ik to den Aftheker, ik wörr de Tään so lang tosamen bieten. Un wiel ik mi nich entscheden kunn, goh ik mit dree verscheden Salven wedder no Huus.

Oh Gott, Rheuma! Dor steiht dat, in den Bipackzeddel vun de eene Salv. An Rheuma harr ik nu gor nich dacht. Nu gifft dat over in't Internet jo to'n Glück den ›Internet-Dokter‹. Is dat nich schöön? Dat is natüürlich jüst dat richtiche vör mi, denk ik. Ik schriev em gau, wat mi fehlt, un wat ik glööv, wat dat woll is. Dat duurt man blots 'n poor Stünn', dor kummt ok al de Antwoort: Ik schull mi man keen Sörgen moken ... dat kunn ok an de falschen Schoh liggen, ode villicht weer ik mit den Tohn jo ok jichtenswo gegenstött ...!

Ik glööv dat hackt! Mit'n Tohn wo gegenstött! Ik reeg mi so op, dat mi mitmol de Moogen weh deit. Over dat is nich so'n ›stumpfen Schmerz‹, dat is mehr so'n Steken. Ganz boven in'n Moogen, ganz dicht bi't Hart ... ode is dat dat Hart? Moogengeschwüür ode Hartinfarkt ... wat dat nu genau is, dat vertell ik 'n annern Mol.

Promis un Ehe

Dat Schlimmste, wat 'n Minsch op düsse Welt passeern kann, is doch woll 'n Promi to ween.
Egool wo du steihst un geihst warrst du knippst un filmt. Du kannst nich mol, ohn dat dat en markt, in dien Villa in Grunewald 'n Madratz verbrennen. Ode mit Kokain an de Fingers dör de Sekerheitskuntroll lopen, ohn dat glieks jeedeen dat wies warrt. Du müßt jümmers hungern un di Perücken opsetten un ik froog mi, wat so 'n Fruu woll dörmookt, wenn de vör de Kamera sitt un ünner de Perück fangt dat mol so richtich dat Jöken an. Un denn kannst du dat Ding nich mol even vun Kopp rieten, as so 'n Wullmütz. Wo süht dat ut? Mit de een Hand büst an't kratzen un in de anner Hand hangt dien Fiffi.
Un wenn du heiroden deist sünd se all dor un se freit sik, denn se weet genau, keen heiroden deit, de lett sik ok wedder scheden. Un wenn dat so wiet is, denn warrt düsse Scheedung jüst so utslacht, as vörher de Hochtiet.
So, un nu stell ik mi vör, ik bün Uschi. Uschi Glas. Ik bün 57 un heff mien halvet Leven dormit to-

bröcht, mi intocremen, to peelen un to börssen, allns dormit mi de Mann nich afhaut. Ik heff dree Kinner kregen, over jümmer noch ›Konfektionsgröße 34‹, also veel Hungern, veel Ananas, veel Spoort, allns dormit mi de Mann nich afhaut. Ik heff jümmer arbeid un Geld verdeent, ok wenn ik keen Lüst harr, allns dormit mi de Mann nich afhaut.

So, un nu löppt mien Mann, de blöde Sack, no över 20 Johr Ehe, mit 'n 30johrige Wustverkööpersch Hand in Hand dör 't Schilf. Wo kunn dat passeern?

Ik glööv jo, de beiden hebbt dat verpasst, tohoop oolt to warrn, ode tohoop jung to blieven. Uschi süht jümmer noch ut as 30, un Bernie kunn ok locker as 70 dörgohn.

Un de Moral vun de Geschicht: Wenn du di incremen deist – denn vergeet dat Incremen vun dien Mann nich!

Männe

Ik finn jo, dat de Männe sik doch bannig verännert hebbt! De sünd so week un so weiblich un so niedlich worrn! Männe weern mol interessanter! Ik meen, dat typische an so'n Mann weer doch jümmer, dat he noch so groote Fööt harr – un so'n kratzich Gesicht – un so ruuge Hannen! Un fröher harr he weniger Hoor op'n Kopp as op'n Böstkasten ode in'n Nacken! Un överhaupt, fröher harrn de Männe noch düssen bissigen, stekenden Ruuch an sik! Vun't Arbeiden!

Ik segg jo gor nich, dat ik dat schöner finn. Ik finn dat man blots interessanter. Schöön bün ik jo sülvst, dor bruuk ik keen Mann to! Un överhaupt warrt de Männe uns Fruuns jümmer ähnlicher! Kiek mol, dat geiht doch in't Fernsehn al los. In de Werbung. Ode weet ji dat nich? Wo düsse Typ vun'ne Müllermilchwerbung dor nokt op düt riesige Plakoot sitten dä, un hett mien Bottermelk sopen? Ik meen dat Geheemnis vun so'n Mann, dat söök ik doch in sien' Kopp! Un wenn ik dor nix finnen do, denn söök ik ok al mol in sien Büx. Over ik söök doch nie in sien Bottermelk!

Ik bruuk op keen Fall so'n ›Fruunverstoher‹ – so'n ›Hollandradföhrer‹ so'n ›mit-utstreckten-Armövern-Zebrastriepen-loper‹ – so'n ›Motivsocken-Dreger‹ – so'n ›Pfandbuddels-wedder-Trüchbringer‹ – so'n ›in-Fohrtrichtung-Sitter‹ – so'n ›Schwachstrahlstruller‹ – so een bruuk ik nich!
Ik heff mi annerdoogs mol hinsett un överleggt, wo eegentlich vendoog 'n Fruu noch 'n Mann to bruukt ... för de Sekerheit ... för de Geborgenheit ... för't Geldverdeenen ... to't Sexmoken ... un üm mit em op Partys to gohn! Man blots: för de Sekerheit ... dor heff ik mi nu 'n Mops köfft, un för de Geborgenheit ... dor heff ik 'n beste Fründin, de roop ik an un – zack – is se dor, denn för't Geldverdeenen ... dor bruuk ik nüms, dor bün ik sülvst för ünnerwegens, un op Partys gohn, dor goh ik veel lever alleen hin, un ... tööf mol ... een fehlt dor noch ... Sekerheit, Geborgenheit, Geld, Party ... tööf mol ... dor weer doch noch wat ...

De minschliche Balzgesang

Eegentlich heff ik jo dacht, över dat Thema Männe un Fruuns is allns seggt. Heff ik dacht!
Ik meen, dat Männe un Fruuns eegentlich nich tohoop passt, dat weet wi nu bilütten. Un dat glöövt wi nu ok bilütten.
Wenn ik dor genau över nodinken do, is mi dat jo domols al opfullen, as so de eersten ›Klassenfeten‹ weern.
Wenn ik se danzen sehn heff, de Jungs! Jümmer in'n Wessel, een Foot vun rechts no links schuuven un boven den ›Koppnicker‹ un dorto de Arms eenfach blots lang doolhangen loten. Un ganz wichtich: jümmer locker een' achtern Beat. Dat sehg so herrlich eckich un kantich ut. So as of se jüst wat ganz wichtiges vörhebbt, weet över sülvst noch nich wat! Ik meen, wi Deerns hebbt ok nich danzt, as weern wi al mit ›Sambarasseln‹ in de Hann op de Welt komen ... över unse Bewegungen weern doch wat runner un weker.
Un denn dat ›Flirten‹. Dat is mi ok al ganz fröh opfullen. Dor passt de Männe un Fruuns ok nich tohoop.

Ik kann vendoog noch nix dormit anfangen, wenn een an mi vörbi geiht un mookt ›gss-gss‹, as of he 'n Katt wegjogen will. Den ganzen Sommer över schnalzt un piept dat överall in de Stadt, un keen Fruu weet, wat se dormit anfangen schall. Wo schall ik dor mit ümgohn? Mi in em verlieben? Em mien Telefonnummer geven?

Apropo Telefonnummer. Ik heff leest, dat in England nu al de eersten Vögels anfungen hebbt, statts ehrn normolen Balzgesang, mit den se eegentlich de Weibchen anlocken wüllt, de Melodien vun Händi-Klingeln no to singen! Un dor weet dat Vogelweibchen denn nix mit antofangen. Se kennt de sungene Händi-Melodien vun de Vogelmänne nich as Balzgesang. Jüst so, as wi Fruuns dat ›gss-gss‹ ok nich as Balzgesang ode as Lockruf kennen dot. De engelschen Vogelforschers sünd nu bang, dat dat bald keen Vögels mehr bi jem geven deit.

Ik finn jo de Vörstellung, dat so'n Vogel op'n Boom sitten un ›la Cucaratscha‹ fleiten deit, jümmers noch schöner, as so'n blödet ›gss-gss‹ op de Rölltrepp.

Männe in de Köök

Keen hett eegentlich de Männe vertellt, dat wi Fruuns dat erotisch findt, wenn Männe för uns koken dot?
Wo oftins heff ik al 'n Mann kennenleert, den ik richtich nett funn'. Un he funn' mi ok richtich nett. Un en Dag keem denn vun em den Spröök: »Du, ich würd gern mal ganz toll für Dich kochen!« Un – zack – weer för mi jeede opkeimende Erotik verflogen! Mi geiht Koken jo an sik al op'n Geist! Over kokende Männe noch veel mehr!
De Männe, de schüllt mi to'n Eten inloden! Dat finn ik goot. De schüllt mi afholen, mi de Autodöör opholen, 'n Disch reserveert hebben un weten, dat ›Cabernet Sauvignon‹ anners utschnackt warrt, as en dat schrifft.
Un nich mit 'n Hanndook vör'n Latz in mien Köök stohn un dor allns vullkleien! Un wenn dat denn so wiet is un se hebbt dat Eten ferdich, denn müss du bi jeedeen Happen »mhhh« moken un seggen, wo dull dat schmeckt! »mhhh, köstlich, gaaanz köstlich«! Un he vertellt bi jeedeen Happen, wo he dat mookt hett un wo he dat to'n eer-

sten Mol kookt hett un wonehr en dat, wat dor to höört, an'n besten köpen kann un op wat en achten mütt ... bi't Köpen un bi't Koken! ... Un ik kiek em an, höör em över al lang nich mehr to.
Ik froog mi blots, wo he dat trecht kregen hett, mehr ›ungesättigte Fettsäuren‹ in de Köök to verdeelen, as in de Pann to loten. Un wo krieg ik dat wedder rein?
Putzen is jo so gefährlich! Jüst annerdoogs heff ik leest, dat 'n Mann in Köln över sien putzend Fruu stolpert is un sik dorbi sien Beerbuddel direktemang in sien Schädel rammt hett.
Un wenn wi uns denn, wenn allns ferdich is mit unse Fressnarkose, so gegenöver sitten dot, denn is't bi mi vörbi mit de Erotik. Ik meen so'n Mann kunn doch so'n beten wat twüschendör ok mol wegpacken – ode afwischen!
Over nee ... Männe köönt dat nich ... Männe hebbt keen ›twüschendörmol-wat-wegpacken-un-afwischen-Hann‹ mit op'n Weg kregen. De hett de leeve Gott jem nich geven. Un desterwegen wull de leeve Gott ok nich, dat Männe mit dat Koken anfangt!
Wo heet dat doch so schöön: »Liebe geht durch den Magen«. Dat mag jo ween, blots keen mookt mi de Köök wedder rein, wenn de Liebe dör den Moogen dör is?

Emanzipatschoon

Emanzipatschoon hin ode her, man blots bi lütten finn ik, dat de Männe sik wedder so'n beten trüchemanzipiern köönt!
Ik bün meist jeedeen Dag ünnenwegens un meisttiets heff ik 'n groten schworen Kuffer dorbi!
Dat geiht al mit de Taxiföhrers los! De stiggt al gor nich mehr ut, üm di den Kuffer in 'n Kufferruum to börn! … nehmt over för't Gepäck schlepen 2 EURO extro …! Un wenn ik den ganzen Krempel wedder rut heff ut't Taxi, denn stoh ik vör de grote Trepp in'n Bohnhoff! Nüms, de mi hölpt. Keen Mann, de mol seggt: ›Moment, junge Frau, ich helf' Ihnen mal schnell!‹ Een Mann vertellt mi sogor, he harr de Fruunslüüd fröher jümmer bi de Kuffers holpen, over nu harr he leest, dat to veel Kufferschlepen de Kneegelenken kaputt mookt. Also de ›Gelenkschmiere‹ in'ne Kneen, de wörr sik dör to veel Schlepen afbuun. Un de wörr sik ok nich vun alleen wedder opbuun, sä he. As he ferdich weer mit't Vertellen, harr ik mien Kuffer boven! Ik harr em op leevst noch froogt, of he in sien'n Kopp woll ok so wat as ›Gehirnschmiere‹

harr ... un of he gor nich bang weer, dat de sik ok afbuut, wenn he to veel dumm Tüüch sabbelt.
Un denn in Tuch! Keen Mann, de mehr opsteiht, üm mi den Kuffer in't Gepäcknett to börn! Se hoolt sik sogor de Arms över'n Kopp, wiel se bang sünd, jem fallt dat schwore Ding op'n Kopp!
Un keen hett eegentich de Männe vertellt, dat se mi de Döörn nich mehr opholen bruukt? ... mh? Ik wiss nich! Annerdoogs weer dor een, de leet de Döör so batz vör mien Nääs dichtfallen! Ik heff em denn froogt, of he mi mit mien schworen Kuffer denn gor nich sehn harr ... ›doch‹ seggt he ›over ik harr jo sülvst twee gesunne Hann to'n Döörn opmoken‹! Oh, heff ik seggt, denn schull he man oppassen! De leve Gott harr mi ok twee gesunne Fööt geven un mit een dorvun wörr ik em glieks mol örnich een in'n Moors pedden!

Natüürliche Männe!

Ik stoh jo op totol natüürliche Männe ... so Männe, de dör un dör natüürlich sünd!
An de allns echt is. Männe, de so 'n richtich natüürlichen Körper hebbt. Nix antrainiertet ut 't Fitness-Center. Dat mag ik överhaupt nich ... dat is denn ok unnatüürlich!
Nee ... de mööt so 'n natüürlichen Oberkörper hebben ... so 'n keilförmigen. Over dat mütt akroot anborn keilich ween ... as ik al seggt heff ... nix antrainiertet ... un op 'n Böstkasten, dor mööt so 'n poor Hoor ween, so 'n handbreet, un de mööt so natüürlich no ünnen hinlopen ... över den Buuknovel röver ... direkt in de Erotiklinie rin ... düsse natüürliche Hoorlinie twüschen Buuknovel un ... eegentlich mütt dat ganze utsehn as Sylt ... boven is List, un denn löppt dat so rünner un ünnen is Hörnum ... ganz natüürlich!
Op keen Fall nix wat dor an 'n Hals so hoochwuchert un womööglich noch no 'n Puckel hin wasst ... uh ... nee ... dat mag ik nich ... dat is doch unnatüürlich ... ik meen, dat heet jo ok ›Brusthaare‹ un nich ›Halshaare‹. Un de Arms ...

also de Oberarms ... de mööt so 'n ganz natüürliche ›Schwellung‹ hebben! Nix antrainiertet, so 'n ›Schwellung‹, de jümmer dor is. Ok wenn de Arm mol nix to doon hett ... wenn he eenfach so doolhangt ... so 'n natüürliche ›Dauerschwellung‹ meen ik!
Un ganz wichtich is jo bi een Mann ok de Moors! Also dat mütt so 'n ganz natüürlichen Moors ween ... so 'n Moors as 'n Appel ... ik segg jo jümmer: »Golden delicius« ... villicht nich so gröön, over so knackich!
Un denn de Hann! De Hann seggt över 'n Mann veel mehr ut, as de Sook mit de Nääs! De Nääs hett nix to bedüden. Vun wegen »Johannis«. Allens Quatsch! Dorüm mööt de Männe-Hann ok ganz sensibel ween, over trotzdem goot anpacken köönen. Un de Finger ... dat dröfft nich so dicke, leitsche Cocktail-Wüst ween ... de mööt so ›langgliedrich‹ un ›muskulös‹ utsehn!
So, nu kann en glöven, ik goh bi de Männe man blots no dat Utsehn! Nee ... dat is nich so ... mi is dat jümmers noch dat wichtichste, dat he örnich wat in 'n Kopp hett ... he mütt ganz natüürlich utsehn over ok örnich wat in 'n Kopp hebben!
Eegentlich, wenn ik ganz ehrlich bün, eegentlich mütt he blots so ween as ik: Schöön, schöön klook un schöön duscht!

Klischees över Klischees

Mi wunnert jo, dat sik so bestimmte Klischees twüschen Männe un Fruuns, dat de sik jümmer so hartnäckich hoolt!
Dat geiht al los mit ›A‹, as Auto: de Männe schulln doch bilütten mol marken, dat dat de meersten Fruuns schietegol is, wat se för'n Auto föhrt! Siet en Autos leasen kann, hett dat doch nu würklich nix mehr to bedüden! Un ik heff dat ok eenfach to foken sehn: dat Auto is hui, un wat dor utstiggt is pfui. Dor nützt ok de hööchste Leasingrate nix! Dor fehlt dat an de ›Schöönheit, de vun binnen kummt‹ ... un dat is ok so'n Sprook: ›De Schöönheit, de vun binnen kummt‹. De is ok nich doot to kriegen. Ik meen, wenn so'n Minsch vun buten al schmerrich is, denn bruukt dor vun binnen ok nix mehr to koom'!
Ode in de Sauna. Wenn se jümmer all so dot, as wörrn se sik nich gegensietig ankieken, wiel dat jo natüürlich is mit wildfrömde Lüüd splitternokt tohoop in een Ruum to sitten! Ik goh nu würklich foken in de Sauna un ik kiek mi de all an! Vun boven bit ünnen ... ›schon aus beruflichen Grün-

den‹. Natüürlich jümmer so, dat dat nüms markt, over du hest jo in de Sauna ok nix anners to doon as schweten un kieken!

Apropo ›nix markt‹ ... hebbt ji wüsst, dat Männe, de di in de Ogen kiekt, dat de di ok jümmer dorbi praas op'n Busen kiekt? Dat hett annerdoogs 'n goden Fründ vertellt. Ik heff dat nich wüsst! He seggt, Männe hebbt de Fähigkeit, Fruuns in de Ogen to kieken – un se kiekt di ok in de Ogen – over de hebbt dorbi no ünnen hin 'n Radius, de geiht över de Möpse weg bit rünner no 'n Buuknovel. Un bit no'n Buuknovel rünner köönt de Männe noch richtich scharp kieken!

Of he sik dat antrainiert harr, heff ik froogt. Nee, hett he seggt, dat köönt all Männe. Dat harrn se so in de Gene. Dat harr he as Kind al kunnt! Männe schnackt dor blots nich geern över. Un ik schull dat man ok för mi beholen. Jo, segg ik, wiss, ik segg dat nüms, bi mi is jeedeen Männegeheemnis so seker as in Abraham sien Schoot!

Nur Äusserlichkeiten

Echte Schöönheit kummt vun binnen, seggt en jo so. Un dor is ok woll wat an. Un wenn en verliebt is, gellt dat ok noch mehr. Dor geiht dat doch nich üm ›Äusserlichkeiten‹. Dor verliebt en sik doch in de ›inneren Werte‹. Un villicht noch in sien Ogen, sien Hann ode sien Moors.
Over ik heff noch nie nich beleeft, dat sik 'n Fruu in 'n Mann verliebt hett, wiel he so 'n dulle Büx an harr. Ode wiel sien Pulli em so goot stünn. Uns Fruuns is doch egol wat he anhett, wenn wi vörhebbt, mit düssen Mann den Rest vun uns Leven to verbringen ... dinkt wi ... an 'n Anfang ... wenn wi verliebt sünd. Un oplest köönt wi Fruuns dat Utsehn vun de Männe jo ok verännern ... richtich, dat denkt wi ok noch.
Un dat duurt nich lang, denn ännert wi dat ok. Wiel wi nich anners köönt. Wiel wi as Kinner al nich blots unse Barbiepoppen stünnlang an-un uttoogen hebbt, sünnerlich ok den Mann vun Barbie, den Barbie Ken. Ken muss Barbie nich blots 10 mol an Dag heiroden, he müss ok jümmer anteihn, wat wi wullen. Un so is dat vendoog noch.

Dat Motiv is kloor: wi wüllt dat beste ut em rutholen, wiel he dat alleen nich kann. Un wiel he nich geern inköpen geiht.

Is jau mol opfullen, wo oftins en in de Footgängerzone gegen lüttje, dicke Männe lopen deit, de dor eenfach blots rümstoht un sik nich beweegt? Düsse Männe sünd vun jehre Fruuns vör't Koophuus afstellt worrn. De Fruu seggt »Wadde ma' kurz« un »halt ma' kurz« – zack – stoht se dor, de Hanntasch vun jehre Fruu över de Schuller bummelt un kiekt un töövt dat se wedder afhoolt warrt. Mi erinnert dat jümmer an de Dörchsoog bi Ikea: »Der kleine Hans möchte von seinen Eltern im Kinderparadies abgeholt werden.«

Anners as bi Barbie-Ken mütt en bi de echte Männespezies över jümmer goot oppassen, dat en den Bogen nich överspannt. He mütt jümmer noch dat Geföhl hebben, allns wat he antreckt, treckt he freewillich an. Ganz langsom mööt wi em dor hin bringen, dat dat ok noch annere Ünnerbüxenmodelle gifft, as de, de sien Mama em siet 15 Johr to 'n Burtsdag schenkt. Un dat en sik de ok ruhich mol sülvst köpen kann.

Schlimm is blots de Momang, wenn en sik trennt. Denn is he nu leider NICH mehr de Mann, mit den wi den Rest vun uns Leven verbringen wüllt, over denn süht he oplest so ut!

Positivet över Männe

In de lest Tiet heff ik oftins denn Satz höört: »Du schimpst jümmer so över de Männe«. Eerst heff ik mi verjoogt, un denn heff ik mol dor över nodacht, un denn is mi opfullen, dat dat stimmt! Ik schimp över de Männe, ode ik lach över jem, un wenn dat ganz dick kümmt, denn do ik sogoor beides! Un dat deit mi nu richtich leed! Dat is gor nich mien Afsicht, dat hett sik eenfach jümmer so ergeven. Meisttiets ut aktuellen Anlass!
Over villicht is dat nu mol an de Tiet, dat wedder goot to moken! Ik meen, ik sett mi nu nich hin, so as Verona Feldbusch, un segg: »Ich liebe die Männer«. Dorför kenn ik to veele, de ik 'n ganzen Dag in 'n Moors pedden kunn – gifft dorvun over ok genoog Fruuns. Dor is mi denn over meisttiets dorno, jem so ganz kört – zack – een midde flache Hand op 'n Achterkopp to ditschen, so dat se nochmol kört över dat nodenkt, wat se dor jüst seggt hebbt. Over dat is nu 'n annert Thema.
Ik jeedenfalls kunn ohn Mann mannigmol gor nich ut 't Huus gohn! Wenn ik mien Hanntasch mol nich mitnehmen will. Denn nimmt he, ohn to

muulen, mien Portmonei, dat Schlöttelbund, Zigeretten, Lippenstift, Puderdoos, Taschendöker, mien Kaugummis un de Kreislaufdrüppens. Mien ganze Utensilien sünd över sien ganzen Körper verdeelt.

Un denn sien Toleranz, wenn wi mol 'n Wekenenn wannern goht, dat ik dor veer Poor Schoh mitnehm, de he schlepen mütt. Een Poor för grobet Geröll, een Poor för mittleret Geröll, een Poor för feinet Geröll un een Poor, för wenn wi ovends doch noch mol wo hingoht.

Un sien Ehrlichkeit. Wenn ik em froog: »Seh' ich dicker geworden aus?«, denn kummt jümmer sofort: »Nein überhaupt nicht, im Gegenteil!«

Un sien Humor. Wenn wi tohoop op 'n Fete goht, un ik stell em vör as: »Und das ist Martin, mein schwuler Freund«. Denn duurt dat meist 1 bit 2 Stünn, over denn kann he ok dor över lachen.

Over dat wichtichste för mi is, dat ik mi totol op em verloten kann. Jümmer wenn ik em froog, of he mi heiroden will, denn seggt he garanteert ›Nee‹. Dor kann ik mi ganz fast op em verloten!

Penisneid

Ik bün to 'n Burtsdag inlood: »Treffen 20:00 Uhr bei ›Luigi‹«.
›Luigi‹ is de lüttje Italiener üm de Eck. Un dor sitt wi denn. Veer Männe un dree Fruuns, un dat duurt nich lang, dor seggt Gaby: »Ach, die Italiener, das sind noch richtige Männer!« Ik harr so hofft, dat düsse Diskuschoon nich kümmt, over – zack – weer dat ›Thema Nr. 1‹ wedder op 'n Disch.
Woso, seggt Ralf, he is doch ok 'n richtigen Mann! He hett twors nich mehr so veel Hoor op 'n Kopp as Luigi, over sünst …!
»Over wat sünst?« froog ik! He weer doch de, de op 'n lesten Burtsdag vertellt harr, dat he mit 'n Liegerad dör Italien föhrt weer. Un Liegerad föhrn is woll nu meist dat ›Unmännlichste‹ op de Welt, wat ik mi vörstellen kann.
»Ach«, seggt Ralf, »ji Fruuns, ji sünd doch blots neidisch op de Männe!« Un denn seggt he noch dat Woord ›Penisneid‹.
So, dat mookt twors nu as Antwoort op dat Liegerad keen Sinn, over üm dor över to schnacken reckt dat allemol!

»Wie Penisneid?«, froog ik. Of he meent, dat wi Fruuns neidisch dor op sünd, dat he sien Noom in 'n Snee pinkeln kann?

Jo, seggt he, jüst so. Un nich blots dat: Sien Ünnerwäsch köst in 'n 3er Pack höchstens 9 Euro, he kann sik duschen un antrecken in 10 Minuten, he mütt nich mit sien Buuk an 'n behorten Moors liggen un theoretisch, seggt he, also theoretisch kunn he alleen as Mann de Erdbevölkerung verdüppeln.«

Un as Mann is dat ok nich schlimm, wenn du mit 34 noch Single büst. Un as Mann kannst du ok överall breetbeenig sitten. Ralf, dat hett uns övertüügt.

Wi harrn 'n netten Ovend un an 't Enn froog he sogor, of he mi no Huus föhrn dröff. Dat weer mutig vun Ralf, denn Ralf föhrt ›Smart‹. Naja, dink ik, dat passt jo denn to sien Liegerad!

As ik utstieg, segg ik: »Ralf, wenn so 'n Auto för 'n Mann würklich noch sowat as 'n Phallussymbol is, denn harr ik mi jo an dien Steed keen Auto köfft, wat quer in de Lücke passen deit!

Hanntaschen för Männe

Annerdoogs weer ik op 'n Filmpremiere inlood. Wo de Film weer, dat weet ik gor nich mehr, over dorno, un dat weer de eegentliche Grund worüm ik dor överhaupt hingohn weer, weer noch 'n Premieren-Party.
Un an düssen Ovend is mi wat opfullen! Un twors vör't Klo! Ode beter seggt, vör de Damentoilette!
Jümmer wedder wenn ik dor hin müss, stünnen dor Männe vör't Klo un töven op ehr Fruuns. Dat is jo nu noch nich so schlimm. Over dat de Fruuns jem vörher noch ehr lüttje rode Hanntasch in de Hann drückt harrn un seggt hebb ›halt ma' kurz‹, dat weer hart.
Ik glööv, dor köönt Männe doon wat se wüllt, over dat gifft för jem in den Momang partu keen Körperhaltung, de jem jichtenswo noch ›würdevoll‹ utsehn lett. Un ik froog mi, woso hett sik eegentlich de Hanntasch för Männe nich dörsett? Woso seht Männe mit lüttje rode Hanntaschen blots so lächerlich ut? Fruuns treckt doch ok siet veele Johrn ›Hosenanzüge‹ an un dreegt körte

Hoor. Dor seggt nüms wat. Over ik heff noch ni nich 'n Mann mit Zöpfe in 'n Ovendkleed sehn, den en noch jichtenwo eernst nehmen kunn.
Un dat is doch ok 'n logistischet Problem. Männe hebbt doch ehrn ganzen Krempel, den se jichtenswo ünnerbringen mööt, bi sik: Portmonei, Schlödel, Zigeretten, Füertüch, Sünnenbrill, Kaugummis un Händi. Dat mööt se jümmer allns in ehre Jacken un Büxentaschen stoppen. Un de eegentlich knackige, ründe Anatomie vun so'n Männemoors süht mit eens ut, as so'n Klammerbüdel. Un dorüm harr de Evolution se doch tominnst noch 'n poor Hann mehr wassen loten kunnt, wenn dat mit de Hanntasch al nich klappt.
Un is dat nu Tofall, ode hett sik de Evolution dor wat bi dacht? De Evolution woll nich, seggt mien Fründ, over de Fruuns. He meent, Fruuns loot ehre Männe extra mit lüttje rode Hanntaschen vör't Klo stohn, üm jem to ›demütigen‹. »Frauen wollen damit den männlichen Willen brechen«. Ach, segg ik, dat kunn natüürlich ween. Un wiel he mi in den Momang doch so'n beten to sülvstbewusst weer, segg ik vör't Klo to em: »Du Schatz … halt ma' ganz kurz!«

Eifesucht

Eifesucht is ok nich mehr dat, wat dat mol weer! Fröher hett dat noch richtich Spooß mookt, wenn ik mol so'n richtigen Eifesuchtsanfall harr! Dor heff ik mi dor noch richtich Tiet för nohmen ... ik heff mi 'n Koffie mookt un denn heff ik sien Taschen un Schuuvloden dörsöcht, of ik dor nich wat finnen kunn, wat mi verdächtich vörkeem ... so'n Zeddel mit 'n Telefoonnummer ode wat, wat he mi nich wiest ode vertellt hett! Un denn heff ik mi 'n tweten Koffie hoolt un heff sien Pullovers un Jacken nokeken, of ik dor nich villicht so'n langet, blondet Fruunshoor finnen kunn ... dorbi weet jo eegentlich jeedeen, dat sik so'n Fruunshoor ok ganz licht mol ohn Sex överdregen kann!

Jo, un vendoog mookt mi dat allns keen Spooß mehr! Sietdem ›gefärbte Kurzhaarfrisuren‹ bi Fruuns ›in‹ sünd, hest du doch gor keen Chance mehr! Ik kann dat gor nich mehr ünnerscheden, of dat nu 'n körtet blondet Hoor vun'n Fruu is ode 'n körtet blondet Hoor vun'n Golden Red Riever ode anners een Köter! Un lüttje Zeddels, de em fröher jümmer mol wedder ut de Büx fullen sünd, de gifft dat ok gor nich mehr ... dor kannst' di vendoog dumm un dusselich söken ... dat löppt vendoog allns över Händi!

Wat mi dat för Tiet köst hett, bit ik rut harr, wat he för'n Geheemnummer hett, dormit ik sien SMS lesen kann ... un dat müsst du jeedeen Dag doon, ansünsten hett he de – zack – al wedder löscht ... nich dat mi dor an'n Enn noch wat wichtiges dör de Lappen geiht!

Un dat Schlimme is jo: de Trend geiht no dat ›Zweit-Händi‹ hin! Nu loop ik al siet 'n poor Doog hier rüm un kann sien twetet Händi nich finnen! Mien Tweet-Händi – nee – dat hett he noch nich funnen ... dat heff ik hier bi mi in de Schuuvlood ... un de loot ik jümmer so'n lütt beten wiet open stohn, jüst wat mehr as de annern Schuuvloden, so kann ik genau sehn, of he dorbi ween is!

So is dat, de Tieden warrt jümmer schworer ... un de Geheemnummern jümmer wat länger ... un siet 'n poor Doog hett he nu ok noch ›Internet‹ ... un dor bruuk ik nu sien ›Passwort‹ ... hüüt noch!

Grillen

Wenn en mol överleggt, wo gau sik allns in't Leven ännert: wi hebbt Computers, wi hebbt Faxgeräte, bi't Telefoneern köönt wi bald den Minschen sehn, mit den wi telefoneert (wat för mi woll de gräsichste Erfinnung is, siet dat Schokolood gifft), un nu hebbt wi sogor nieget Geld ... obwohl dat ole doch eegentlich noch goot weer! Wenn wi wüllt, köönt wi flegen un in unse Autos köönt wi Computers inbuun loten, de uns seggt wo un wohen un worüm wi föhrn schüll!

Un ik glööv, dat gifft man blots een eenzige Sook op de Welt, de sik ni nich ännert: Dat Grillen! ... ode – nee – seggt wi mol ... twee Soken op de Welt, de sik ni nich ännert: De Männe un dat Grillen! ... ode noch beter: De Männe un jehr Grillen! Woans liggt dat an? Wat find de Männe dor an? Woso kriegt de so glänzende Ogen, wenn de an so'n Grill stoht, stünnenlang in'ne Holtköhlen puust un freewillig ehr kostboret Beer in'ne Flammen sprütt, üm de lüttjen mickerigen Wüst vun links no rechts to schuven!

Veele Johrn heff ik dacht, dat liggt dor an, dat de

Männe so geern mit Füer speelt ... wiel se doch as Kind al jümmer seggt hebbt ... ›ich will Feuerwehrmann werden‹. Un wenn dor denn so'n Stichflamme ut de Köhlen hoochstiggt, un se stellt sik vör, de Beerkasten is de Hydrant un de Beerbuddel is 'n echten Füerlöscher ...

Nu hebbt se over in Grootbritannien 'n Ümfroog mookt, un dor is bi rutkomen, dat Männe so geern grillt, wiel se sik dorbi so sexy findt! Ups! Dat müss ik denn over doch tweemol lesen! Een Mann vun teihn föhlt sik bi't Grillen sogor as'n Höhlenminschen, de sien Sippe mit Eten versorgt! Nix Hydrant un Füerlöscher, sünnerlich de Wusttang is dat! De Wusttang is de Speer ...!

Dat Schlimme is man blots, dat wi Fruuns de Männe bi't Grillen gor nich sexy findt ... over so wat vun gor nich sexy! Over dat mööt wi jem jo nich seggen ... ik höör jo ganz geern to so'n Sippe, de sik bedeenen lett ... un villicht geev ik em bi't neegste Mol, wenn he mi mien Wust bringt, noch so'n lütten Klapps op'n Moors ... wiel he so sexy is!

Balkon mit Aussenschalusie

Wat gifft dat Schöneres, as op'n Balkon to sitten? ... heff ik mi domols dacht, as ik 'n niege Wohnung in 'n niege Stadt söken dä.
»Hat die Wohnung 'n Balkon«, froog ik.
»Ja«, sä denn een vun de Vermieters, »un sogor noch Aussenschalusien!«
»Oh, geil«, heff ik dacht, heff dat over nich luut seggt. Ik weer bang, he kunn marken, dat ik de Wohnung hebben wull un dat he denn noch 'n poor hunnert Euro extro nehmen dä!
Balkon mit Aussenschalusie!
De Rest vun de Wohnung weer denn so lala, over dat weer mi egool. Hauptsook Balkon mit Aussenschalusie, keen Mücken un trotzdem frische Luft!
Un nu is dat so wiet: mien eersten Sommer ... op mien Balkon mit mien Aussenschalusie! Opfullen is mi dat al vör'n poor Weken, dat vör mien Balkondöör jümmer so dicke behorte Brummers flegen dään. Ik kunn over man nich so richtich sehn, wat dat för Viecher weern! Af un an floog ok mol so'n dicket Ding in mien Stuuv. Denn bün ik dor

so lang mit dat Telefonbook achteran, bit ik dat Ding doothaut harr. Bilütten warrt mi de groten Placken op de niege Tapeet over to veel. Ik wüss nich mehr, wat ik noch doon schull un heff den Kammerjäger anropen.

Wat heff ik mi verjoogt, as ik de Döör open moken dä: de Jäger sehg nich ut, as 'n Jäger, nee, de sehg ut as 'n Astronaut un so watschel he ok ganz langsoom op mien Balkon to. Mi hett he so lang in de Köök schickt, ik müss de Dören dicht moken, un ik schull mi ruhich verholen!

»Man-man-man«, sä he as he wedder rinkeem, »dat weer jo dull«! Ik harr den ganzen Schalusienkasten vull mit ›Mauerwespen‹. De harrn sik dor ehr Nest buut. Dat weer een ›aussterbende Art‹. De müss he dor sitten loten, un de Schalusie, sä he, dröff ik op keenen Fall doolloten ... un an'n besten man överhaupt de Balkondöör gor nich eerst opmoken. Un wat noch ganz wichtich weer: een dröff düsse Wepsen op keen Fall doothaun, sä he, dat worr bestrooft, vun wegen den ›Artenschutz‹, mit ›Gefängnisstrafe bis zu 2 Jahren‹ ... un dor kunnst' mi over flitzen sehn, blots rut mit em ... dat he jo nich de groten Plackens op de Tapeet to sehn kreeg!

Skispringen

Man man man – Schmitt – Hannawald – Hannawald – Schmitt ... Hannawald – Hannawald – Hannawald ... nu is dat bilütten ok mol goot. Wo mookt düsse Melk-Bubi, ode schull ik lever seggen, düsse Milka-Bubi dat blots? 14 Millionen Minschen sitt vör de Glotze un kiekt em to. Wiel he springt. Un wiel he winnt. Un jeedeen Mol, wenn he dör de Luft flüggt, heff ik Angst. Angst, dat dor glieks 'n Windboe kummt, un dat he op eenmol in de Midd dörbrickt. Ik glööv jo, dat de dor achtern 'n Isenstang in ehrn Antoog sitten hebbt, dormit dat nich passeert.
Over egool, keen winnt, de winnt ok jümmer bi de Fruuns.
Tichdusend lüttje, dicke, pubertierende Deerns stoht ünnen un himmelt em an. Un en hett dat Geföhl, se muchen em opfangen ... em knutschen un knuddeln un em mit no Huus nehmen, wiel he so sööt is, un so erfolgreich. Ode woll ehrer ümgekehrt: wiel he so erfolgeich is, is he ok so sööt. Se muchen em redden. Se muchen em mol örnich wat to Eten geven un em warm inpacken. Wiel he

jo so dünn is … un so labil. Un wiel he twors al 27 is, over jümmer noch so utsüht as 12.

Lest Johr weer dat noch Martin Schmitt. Dor weer de noch so sööt. Dor wulln se den noch mit no Huus nehmen. Over to 'n Glück hebbt se dat nich doon. Sünst harrn se nu düssen ›Looser‹ to Huus rüm sitten. Dat harr jem jüst noch fehlt.

Un wat mookt düsse Jungs nu so erotisch? Also ik heff selten wat unsexygeres sehn, as düsse beiden Bohnenstangen, in ehre jümmer to groot utsehnde Aluantöög. Besünners windschnittich, finn ik, süht dat nich ut.

Naja, villicht bün ik blots neidisch. Wiel ik sülvst geern Skispringerin worrn weer. Wiel ik ok geern mol vun boven ut de Luft tichdusend Männearms sehn much, de mi opfangen wüllt.

Woso gifft dat eegentlich keen Skispringerinnen?

Ik in so 'n Aluantoog, dor wörr over nix schlabben. Un rein anatomisch hebbt doch Fruuns 'n veel beteren ›aerodynamischen Auftrieb‹, as düsse Bohnenstangen. Ganz natüürlich wussen Spoiler – vörn un achtern.

Keen Tiet to'n Kinnerkriegen

Nu bün ik 36, un veel Tiet blifft mi nich! Üm mi rüm sünd al all so wiet, ode se hebbt al, ode se wüllt nu over bald, ode se hebbt al un wüllt nu nochmol! Ik schnack vun't Kinnerkriegen.
Un mit 36, seggt mien beste Fründin, bün ik al siet fief Johr 'n Risiko, also 'n Risikogruppe, also ›Spätgebärende‹. Kategorie: alte Mutter!
Ik meen, is jo nich so, dat ik dat Öllerwarrn nich al marken do. Üm dat to marken, müss du nich 50 ween! Wenn ik in't Kino goh, froogt mi al lang nüms mehr, of ik 'n Studentenutwies heff. Un de Tiet, de ik an'n Morgen in de Boodstuuv bruuk, de warrt ok jümmer länger. Dat gifft jo over ok vun Dag to Dag jümmer mehr ›Schwachstellen‹ an mi, de inschmeert un plecht un raseert un peelt warrn mööt!
Jeedeen drütte Fruu mit 36 hett vendoog keen Kinner ... vör twintig Johrn weer dat noch jeedeen achte! Een Utnohm bün ik also nich, over woso nich?
Un wiel mi düsse Froog keen Roh lett un ik keen Kind heff, over jüst mol Urlaub, mook ik mi op

den Weg un besöök jüst de Lüüd, de ik al lange Tiet nich sehn heff, wiel se nu 'n Kind hebbt, un keen Tiet mehr, un ok keen Urlaub, üm mol mit mi ut to gohn! Un? froog ik, wo is dat denn ... allns ... nu ... mit ju un mit dat Kind un so? Un dat harr ik meisttiets al gor nich mehr frogen bruukt. Dat de Huussegen scheef hangt, dat kunn ik eegentlich bi jem alltohoop al in't Treppenhuus rüken.

Een vun jem stünn den jümmer mit 'n puterroden Kopp an'ne Pann un broot Wust, ode an'ne Mikrowelle un mookt dat Eten vun güstern wedder warm, un de anner harr dat Kind op'n Arm und seggt: »Eegentlich harrn se mi jo wat dullet koken wullt, over – naja – vunwegen dat Kind ... un vunwegen keen Tiet«. Un no dat erste Glas Rootwien is de een al nich mehr dor, wiel vunwegen dat Kind un vunwegen keen Tiet, un de anner sitt mit mi in de Köök un blarrt ... se harrn gor keen Tiet mehr vör ehre ›Beziehung‹ ... dat se överhaupt mol Tiet to'n Blarren harr ...!

»Kumm, segg ik, schmöök eerstmol een, dorför hest du doch nu Tiet!« – »Jo, over lever nich, vunwegen dat Kind!« Un jichtenswo kummt denn de Froog an mi: »und, wie is es denn bei Dir so mit Kinderkriegen?« – »Nee«, segg ik, »to'n Kinnerkriegen heff ik in'n Momang keen Tiet!«

Heiroden

Bit nu kunn en jo blots kirchlich heiroden! Nu gifft in Düütschland over ok een Paster, de will Ehepoore ok kirchlich wedder scheden! Jeede drütte Ehe warrt scheed, un nu meent he woll, dat he so sien Kark wedder vull kriggt!
… Ik meen, ik glööv, dat de Ehe an sik, dat sik dor wat an ännern mütt! Dat funktschioniert jo ok vörn un achtern nich mehr … ›bis das der Tod Euch scheidet‹! Dat interessiert doch keeneen mehr. Dor is doch veel mehr de Froog, wat kann een prophylaktisch – vör een heiroden deit – al doon, dormit dat Scheden loter 'n beten wat eenfacher warrt!
Un nu heff ik mi mol Gedanken mookt! Wenn ik in'n Hotel bün – neh – denn hangt dor an'ne Dören jümmer so'n Zeddel … dor musst du op ankrüzen, wat du fröhstücken wullt … Koffie ode Tee, ode Kakao … un wenn 'n Ei, wat för 'n Ei … kookt Ei, ode 'n Spegelei, ode Röhrei … un so schullen se dat man ok mit dat Heiroden moken … denn gifft dat …
De ›Pauschal-Heirood‹: dat is denn dat Modell

›Classic‹ ode ›Economy‹ för de, de meent, dat se sik ganz seker sünd. Dor blifft dat allens, as dat is ... Mann heirood Fruu – Fruu heirood Mann ... un wenn se sik scheden loot, kriegt se sik fix wat in de Wull.

Un denn gifft dat dat ›Individuelle Modell‹: för de ›Buisiness-Class‹ ... dor kriggst du vör de Hochtiet so'n Formular to schickt – quasi statt Aufgebot – un dor müsst du den ankrüzen ...

1. Name: beide nehmt ehrn Nomen, beide nehmt sien Nomen, se nimmt sien Nomen, he nimmt ehrn Nomen, se nehmt beide beide Nomen, beide nehmt de Nomen vun de Novers.

2. Kinder: he nimmt de Kinner, se nimmt de Kinner (wiel he hett jo al de Kinnerdeern), un nüms nimmt de Kinner.

3) Heiroots-Motto: ›Bis dass der Tod Euch scheidet‹, ›bis dass die Langeweile Euch scheidet‹ ... naja, ode even ›Bis dass der Pastor Euch scheidet‹!

Villicht kunn een denn ok noch so lüttje ›Zusatzversicherung‹ mit inbuun – Ehetagegeld – för jeedeen Dag, den du in de Ehe översteihst, ohn di gegensiedich den Kopp intohaun!

De ›Albtraum‹ bi't Flegen

Ik sitt in'n Fleger vun Hamborg no München. Un ik mook mi Gedanken. Ode seggt wi mol, ik versöök mi Gedanken to moken. Blots, wenn dor so veel Minschen üm mi rüm sünd, denn geiht dat nich mehr. Un al gor nich, wenn ik in'ne ›Economy Class‹ ok noch in de Midd to sitten koom.

Neven mi wedder een vun düsse Sorte »Fliegen is ja so aufregend«. Dat sünd düsse Typen, de de ganze Tiet ut Finster kiekt. Egool, of dat al düster is, ode se direkt över de ›Tragfläche‹ sitten dot »is ja aufregend«. Bi jeedeen ›Klärwerk‹, wat se vun boven to sehn kriegt, fangt se an to grunzen.

Un links neven mi sitt dat Gegendeel. Sien Antoch in so'n frischet ›taubengrau‹, leest he dat ›Handelsblatt‹. Un de Typen sünd jüst so schlimm as de ›Finsterkiekers‹. Eerstan nervt he mi mit sien veel to groote Zeitung in den veel to lütten Fleger, un direkt achter den Start fallt sien Kopp – zack – no achtern weg un he fangt luut mit dat Schnorken an. Dorbi koomt sien Hann un de gröttste Deel vun sien Zeitung op mien Been to liggen. An düssen Dag weer dat sogoor so'n richtigen ›Entspannungskünstler‹. Een vun de Sorte, de den Mund bi't Schnorken so richtich wiet open hett. Un sien Kopp wackelt jümmer so ganz unkontrolleert hin un her un ik mütt jeedeen Momang dormit reken, dat sien Dötz op mien Schuller to liggen kummt.

De eenzigen dree Gedanken, de ik mi op düssen Flug överhaupt moken kunn, weern:

1: ... blots nich to wiet no rechts kieken, dormit de Typ an't Finster nich noch op den Gedanken kummt to seggen: »ach, gucken Sie bloss mal – da! Wie schön – da! –... da... seh'n Sie?... da, schön ne?«

Un 2. ... blots nich to wiet no links kieken, dormit mi düsse schnorkende un mit sien open Halslock meist ›grenzdebil‹ utsehn Geschäftsmann nich noch sien schlechten ›Businessatem‹ in't Gesicht puust.

Un 3. ... froog ik mi, to wat för een Kategorie mag woll de Piloot höörn? Mehr so de grunzende »is das aufregend« vun rechts, ode mehr so de schnorkende »Vielflieger« vun links.

Karneval

Eenmol in't Johr – ne – dor frei ik mi mehr as sünst, dat ik ut'n Noorden koom! ... ut de ›KFZ‹, ut de Karnevalsfreiezone. Un ik denk oftins an de Tiet trüch, as ik noch op Sylt leevt heff. Un jeedeen Johr in'n Februar keemen de Karnevalsflüchtlinge ut Nordrheinwandalen op de Insel! As Flüchtlinge hebbt wi jem opnohmen, hebbt jem to Eten un to Drinken geven, dormit se in de Karnevalswirren to Huus nich ümkoomt!

Nu sitt ik annerdoogs op'n Rosenmondag op'n Flughoven un seh so'n poor Perser mit Antöög un Aktenkuffer in'n Fleger no Köln stiegen ... un nu heff ik överleggt, wo dat woll so is, wenn dor so'n Perser an'n Rosenmondag, wenn de in Köln ankummt! Un he weet vun nix wat af. Weer noch nich eenmol vörher in Düütschland! ... he kummt in Köln op'n Fughoven an un op eenmol kummt dor 'n frömde Fruu op em to un schnitt em sien düren Schlips af, un drückt em een op, un löppt weg! Un in de Stadt süht he man blots Lüüd, de suupt, singt un rümknuutscht. An statts Autos föhrt dor Treckers mit Anhängers op de Stroten,

op de Minschen stoht, de jem Bontschers un Blootwüst an'n Kopp schmiet. De U-Bohnschächte sünd dichtnogelt un de Schaufinsters verkleevt un verrammelt.
So, denn flüggt düsse Perser wedder no Huus! Un wenn em een froogt, of he al mol wat vun ›BSE‹ höört hett, denn seggt he: jo, he weer mol in Düütschland ween, un dor harr he sehn, wat ›BSE‹ allns anrichten kann!
Ode ik stell mi dat ümgekehrt vör ... ik koom jichtenswo in China an, un denn kummt in so'n frömdet Land een frömden Mann op mi to, treckt mi de Büx dol, lacht sik een, schnitt mi de Riemens vun mien Hanntasch dör und löppt weg. Un ik weet vun nix wat af. Un in de Stadt schmiet se mi Litschis un backene Bananen an'n Kopp un versöökt mi ehre Stäbchen in de Nääs to steken ...
Ik bün, heff ik dat al seggt, an den Dag, wo ik op den Flughoven seet, no München flogen. Blots in München heet dat denn ›Altweiberfassnacht‹ ... un dat is doch schöön, ›Altweiberfassnacht‹, dat weer jo jüst mien Ding ... wat heff ik för'n Spooß hatt!

De Bohn is pleite

Dat heff ik mi dacht! De Bundesbohn is pleite! De ganzen Johrn heff ik mi dat al dacht!
Ik loot nu meist mien ganzet Geld bi de Bohn, ik föhr meist jeedeen Dag dormit! Un de Töög, mit de ik föhr, sünd ok jümmer vull, mit Lüüd, de ok meist ehr ganzet Geld bi de Bohn loot!
Un nu wüllt se ehrn Service instellen. Un dat warrt ok Tiet! Dat heff ik mi al lang dacht, de ›Service‹ runineert de Bohn! Dormit hebbt se sik gewaltich övernohmen – ik meen, dat fangt doch al bi de Klos an – de Klos: jümmer tipp topp! Egool of in 'n Tuch ode op 'n Bohnhoff, tipp topp reine Klos! Un denn de Waggons. Dor hebbt de extro 'n Ünnerscheed bi de Temperatur in de Waggons. Dor kannst' utsöken: richtich hitt un stickich (för all de, de wat länger op 'n Bohnstieg töövt hebbt wiel de Tuch mol wedder veel to loot komen is), ode richtich schöön koolt (för de, de för wiss wook blieven mööt). De hebbt sik dor örnich wat bi dacht!
Un ehre Münzsprechapperoote – düsse Telefone – de stellt se mannigmol extro af, dat dor nich jeed-

een loslöppt un egoolweg telefoneert, as he jüst will! Dorför sünd de Dinger ok nich dacht!
Un överhaupt, de ganze ›Atmosphäre‹ in so 'n Tuch. Wenn ik mol wedder so'n schöönen Platz afkregen heff, so een op'n Gang, stoh ik för jeedeen, de an mi vörbi will, kört op un lach em nett in't Gesicht. Ode de Bundeswehrsuldoten, wenn de di ehrn schworen Rucksack so richtich dör 't Gesicht trecken dot – de seggt jo sofort ›Entschülligung‹ un mannigmol froogt se mi ok, of ik ok 'n Beer mag?
Un dat Düerste is jo wull för de Bohn de ›Durchsageservice‹! Jümmer schöön luut – kummt toeerst de ›Zugchef‹: »Guten Tag, mein Name ist Herbert Meier zu Gries, ich bin Ihr Zugchef und begrüße die Zugestiegenen Fahrgäste im Intercity ›Winfried von Wellenrieters‹ ...«
Un dormit ik nich wegdöös kummt den glieks achteran de ›Zugbegleiter‹: Guten Tag, mein Name ist Werner Schnackenfredberg, ich bin Ihr Zugbegleiter heute im Intercity ›Winfried von Wellenrieters‹ ...«.
Un wat 'n Glück, denn kummt noch de ›Stellvertretende Zugchef‹ Gerhard Schimmelmeier mit sien Schnack. Un denn ok noch de ›Bordrestaurantchef‹ Johannis Kirchberger, de mi geern in sien Bordrestaurant begröten will. So, un nu tööv ik dor op, dat sik villicht ›Winfried von Wellenrieters‹ ok noch mol persöönlich mellt ...

oplest heet düsse Tuch jo no em ... deit he over nich!

As ik jüst wedder an't Wegdösen bün, mellt sik over, wat 'n Glück, de niege ›Zugchef‹. Sien Noom heff ik vergeten, over dat IC-Team hett wesselt, seggt he, un vertellt he uns noch, dat de Tuch (in den wi al siet veer Stünnen sitt) »Winfried Wellenrieters« heet un dat sik de Rest vun dat niege Team ok glieks noch bi uns' mellt.

»Guten Tag«, segg ik to mien gegenöver, »mein Name ist Ina Müller, ich bin Ihre Mitreisende, und ich freue mich, Ihnen im Intercity ›Winfried von Wellenrieter‹ gegenüber sitzen zu dürfen!«

Berlin!

Ik bün in Berlin – veer Weken in Berlin – veer Weken in unse Hauptstadt! ... Un de is – finn ik – to Hauptsook luut!

Ik meen – jeede annere Stadt is ok luut – over Berlin is noch luuder. Villicht mütt dat ok so ween. Ik weet dat nich, so'n Hauptstadt mütt jo luuder ween as all de annern Städte. Luut – groot – un grau!

Dat hett mi de eersten Doog ok nix utmookt, blots ik müss man jümmer an dat Leed denken, wo se jümmer singt: »Das ist die Berliner Luft-Luft-Luft – Die mit dem besonderen Duft-Duft-Duft« – bit mi opfullen is, dat düsse besünnere »Berliner Luft« doch meistdeels ut de veel to luuden Esspressomoschinen kummt. Wenn se Melk hitt mookt. Un ut de Busse, wenn de de Druckluftbremsen jüst an de Ampel entlüften dot, wo ik stoh. Ode eenfach blots ut all de dusend Presslufthommers, de dor an jeede Eck to höörn sünd!

Nu reimt sik op Luft jo Duft ganz goot, over op Berlin ... dor reimt sik eegentlich blots Urin ode Benzin. Un nu warrt mi ok bilütten klor, ut wat för een Not so ›Stadthymnen‹ eegentlich oftins entstoht!

Nu lees ik annerdoogs ok noch, dat Berlin man blots op Platz 8 vun de ›Wohnbeliebtheitsskala‹ liggt ... un ... meist nich to glöven, over wohr ... noch achter Essen un sogoor – un nu kummt dat ganz dick – noch achter Darmstadt! ... Berlin achter Darmstadt ... dat is hart!

So, un güstern dor weer dat so wiet. Mi worr dat allns to veel. Ik wull los un 'n Platz söken, wonem en eenfach mol keen eenzigen ›Verbrennungsmotor‹ mehr höörn kunn. Veer Stünnen bün ik dör Berlin föhrt – krüüz un quer – bit ik 'n Platz funnen harr! Dat weer dor so ruhich, ik heff richtich de Ogen dicht mookt un jüst noch dacht: Minsch, düssen Platz, den schullen se man den »Platz der himmlischen Ruhe« nömen. Jüst in den Momang flüggt doch so'n dicken Jumbo direktemang över mi weg! Ik weet nich, villicht liggt dat ok mehr an mi, as an Berlin. Mi is opfullen, je öller ik warr, je dicker warrt mien Moors un je dünner warrt mien Nerven!

Multikulti

Ik sitt in'n Tuch in den Spieswogen. Un ik bün glücklich!
Woso? Blots so!
Dat is Sünndag Morgen, de Sünn schient, ik bün op'n Weg no Huus un vör mi steiht 'n groten Beker Mitropa-Koffie!
De Lüüd üm mi rüm sünd nett, schnackt nich to luut, un noch bölkt hier nüms in sien Händi.
Un wiel ik genau weet, dat sik dat ok ganz gau wedder ännern kann, bün ik mol even gau glücklich ... so lang as dat duurt!
Ok mag ik an düssen Morgen dat ›Multikultige‹ hier in'n Tuch!
An'n Nevendisch sitt 'n Oma ut de Schweiz, de sik mit 'n farbigen Mann ut Ghana ünnerholen deit!
De Mann ut Ghana leevt over al lang in Salzborg un is dor Urologe, un ik glööv, de Oma is ok jüst mol glücklich, so as ik ... wiel se den Unkel Dokter ehre ganze Krankengeschicht vertellen kann. Jo, dink ik, come together!

De Kellner in den Spieswogen is Türke, un as de Mann ut Ghana mit sien Akzent bi em 'n ›Apfelschorle‹ bestellen deit, seggt de türkische Kellner mit sien Akzent: »Sie meinen ›Apfel-SAFTschorle‹!« … de Mann ut Ghana dä mi so leed!

Ik froog mi, wo schwor dat woll för beide ween is, dat Woort ›Apfelsaftschorle‹ överhaupt to lehrn, un wo dat woll op russisch heet. Un ik arger mi, dat ik nie nich in mien Leven mol mit 'n Italiener ode 'n Spanier tohoop ween bün. Denn kunn ik vendoog in'n Urlaub mol even 'n ›Apfelsaftschorle‹ op spanisch bestellen un müss nich jümmer ›aqua con gas‹ supen.

Vör mi liggt de Sünndagszeitung, un de grote Överschrift heet: »Die Bayern standen 1a in der Abwehr!«

Dat is lustich un mien ›Multikulti‹-geföhl stiggt noch wat mehr. Wiel ›Die Bayern‹ nich, dat sünd doch eegentlich twee Franzosen, een Ghanaer, een Kroate un noch verscheden anner Nationalitäten!

'n junge sympatische Schaffnerin, de glööv ik 'n polnischen Akzent hett, froogt den türkischen Kellner, of he mol gau mitkomen kann. Dor sitt 'n Landsmann vun em in'n Tuch un de harr blots 'n ›Wochenendticket‹, un dat gellt nich in den ICE!

»Oh«, segg ik, »of he vörher noch gau afkasseern kann?«
»Gerne«, seggt he, »macht 8,40!«
»Oh«, segg ik, »he meent woll 8 EURO 40 CENT.« – Ik geev em 10 un segg: »stimmt so!«

Frühlingsgefühle

Ik heff mi annerdoogs, as mi so de eersten warmen Sünnenstrohlen in't Gesicht schien dään, mol den Sposs mookt un nokeken, wat de ›wissenschaftliche Lektüre‹ eegentlich so över ›Frühlingsgefühle‹ seggt! Of eegentlich ›Frühlingsgefühle‹ överhaupt al mol vun de Wissenschaft nowiest worrn sünd!

Un dat, wat ik dor funnen heff, hett mi richtich nodenkern mookt. ›Frühlingsgefühle‹ bi 'n Minschen, steiht dor, de gifft dat gor nich! Allns Quatsch, meent se! De Hormonforschers seggt sogor, ›Frühlingsgefühle‹ hebbt blots Tiern. Un ok blots de, de mit ehre Jungen 'n körte Tragetiet hebbt. Een mutt dorto over seggen, dat de Wissenschaft, wenn se över ›Frühlingsgefühle‹ schnackt, jümmer blots över de Hormonutschüttung, ode beter seggt över den Testosteronspegel bi'n Männchen schnackt, un nich över piepende Vögels ode Blomen, de blöht.

Wiel nu de Natuur jo nich blööd is, hett de dat so inricht, dat allns Lebennige ehre Jungen an'n besten in'n Sommer kriggt, loogisch, wiel in'n Sommer de Chance grötter is, dat de Lütten ok överleven dot. Un dorüm is dat so, dat eegentlich blots Tiern, de so bi dree Moond dregen dot överhaupt ›Frühlingsgefühle‹ hebbt.

De Minsch bruukt over jo negen Moond to't Utdregen, dat heet, de Natuur pumpt dat minschliche Männchen nich in't Fröhjohr dorför over in Harvst örnich mit Testosteron vull. So, un dor bitt sik de Natuur nu wull sülvst in'n Steert. Wo heet dat doch so schöön: kole Fööt un noorden Wind, gifft 'n krusen Büddel un 'n lütten Pint. Dat heet, uns arme Männchen sünd in'n Harvst bit boven hin vull mit Hormone, markt dat over gor nich, ode seggt wi mol so, se markt dat nich dor, wo se dat marken schüllt!

Un wenn ik dor an dinken do, wo veele Gedichten un Leeder in'ne lesten poor hunnert Johrn alleen över ›Frühlingsgefühle‹ schreven un sungen worrn sünd: ›Veronika, der Lenz is da …‹ … ne? Dor müss Veronika doch denn eegentlich op seggen: ›Ey, is mi doch egool, mell du di man in'n Harvst mol wedder!‹

Un annersrüm is dat meist noch wat schlimme. Wi singt un singt un singt över dat Fröhjohr … un de eenzigen, de würlich ›Frühlingsgefühle‹ hebbt, sünd an Enn man blots de ›Meerschweinchen‹.

Allns logen!

Nee, dat glööv ik jo nich! Hier steiht dat swatt op witt in'ne Zeitung. De Minsch lücht an'n Dag in'n Dörsnitt 200 mol! Dat haut mi üm!
Dat heet doch eegentlich, dat dat ganze Leven blots ut Schlopen, Eten un Lögen besteiht! To wat anners kummst' jo gor nich! Wenn du 200 mol an'n Dag legen schallst … dor kummst' to nix anners mehr!
Wenn se nu seggt harrn, de Minsch mütt 200 mol an'n Dag op wat töven. Dat harr ik glöövt. Ik bring dat halve Leven dormit to, mit dat Töven op wat. Töven, dat wat anfangt ode dat wat ophöört. Over 200 mol lögen? Eerstmol bliev ik ganz ruhich sitten un tell mol so luut vör mi hin, of dat hinkomen kann. Un ik kann moken, wat ik will, ik koom nich op 200. Ik koom nich mol op 100.
Ik harr jo nich mol dacht, dat ik an'n Dag överhaupt 200 Sätze seggen do! Mien Fründ fangt luut an to lachen! Naja, segg ik, over he t.B., he seggt doch keen 200 Sätze an'n Dag. Un dat, wat he seggt, dat mütt ik em ok noch all ut de Nääs trekken.

Un wenn de Minsch so veel legen deit, denn warrt he jo woll ok, logisch, den ganzen Dag wedder anlogen. De Postbüdeel klingelt ... »guten Morgen« seggt he ... ach, denk ik, hool du doch dien Boort, dat meenst du doch gor nich so, dat is di doch egool, of ik 'n goden Morgen heff! Bovenop liggt 'n Breef vun de Klassenlotterie ... »jetzt werden Sie Millionär« steiht dor in dicke Bookstoven op – zack – dat is doch ok wedder logen! As dat Telefon bimmelt, springt de Anrufbeantworter an ... »im Moment bin ich leider nicht da« ... wat is dat denn nu? Wenn ik dor nu nich ran goh? 'n ›indirekte Lüge‹, ode wat?

Un wiel ik keen Tiet heff, dat to Enn to Denken, loop ik gau hin un nehm den Hörer af. Regina is dor an, se froogt, woso ik güstern nich op ehrn Burtsdag ween bün? Eegentlich müss ik nu seggen, ik harr keen Lüst hatt! Ik segg over, wat ik jümmer segg: »Du, mi güng dat güstern nich so goot!« Un so treckt sik dat dör den Dag. Ovends Klock negen höör ik op mit dat Tellen! Ik heff bit dorhin jüst 44 mol logen! Is dat nich schöön? Denn dröff ik Morgen 356 mol!

Fruunslüüd bi de Bundeswehr

Ik weet noch, as ik noch 'n Kind weer, dor wüss ik jümmer nich, of ik lever 'n Jung ode lever 'n Deern ween wull. Ik harr mitkregen, dat en as Fruu jichtenswann 'n Kind kriegen müss, un as Mann dor müss en jichtenswann no de Bundeswehr hin. Beides funn ik ganz schrecklich un dat hett mi richtich bang mookt. De Vörstellung, dor wasst di wat in'n Buuk, wat jümmer dicker un dicker un dicker warrt, un du weest genau jichtenswann mütt dat dor ok wedder rut. Ode de Vörstellung, du muss mit so 'n Twieg op'n Kopp dör'n Matsch robben, dröffst di bi't Scheeten nich de Ohrn to holen un muss ok noch bi Nacht buten schlopen. Vör all dat harr ik richtich bammel, dat ik domols opleevst gor nich öller warn wull.

Nu hett sik dat över de Johrn jo all so'n lütt beten wat relativeert ... nich dat mit dat Kinnerkriegen, over dat mit de Bundeswehr. Nu kannst' di jo utsöken, of du dor hin wullt ode nich! Un dat sogor as Fruu. Un dat Ding is, de goht dor sogor hin. Is dat nich witzich?

Wat meent ji wull, wat dor in'ne Kaseern nu so afgeiht. Ik segh de Fruuns dor al jeedeen Morgen stünnenlang vör'n Spegel stohn, un sik de frisch afplückten Twiegen op'n Helm trechtzuppeln. »Oh …, Deiner ist viel schöner als meiner. Wo hast Du den gepflückt?« Ode dat Gejaul, wenn se vun de Tarnfarv wedder Pickel kriegt. Op de anner Siet gifft dat denn over ok 'n ganz niegen Markt … ik segh dat al so richtich vör mi: ›Manövercreme: Nachtcreme für sie für draussen, Antifaltencreme für sie für drinnen, hypoallergene Tarnfarbe auf Gelbasis, wasserfeste Wimperntusche in olivgrün. Waffenöl: jetzt mit Duftstoffzusatz‹. Ode ›Echthaarhelme, jetzt in allen Farben die neuesten Tarndessous‹.

Un denn gifft' wist ok bald de eersten ›Frauenzeitschriften‹: ›Du und Dein Wehrdienst‹, ›Abnehmen bei der Bundeswehr‹, ›Kasernen im Test: wo sind die hübschesten Soldaten stationiert‹.

Over, an'n meisten freu ik mi dor op, wenn so de erste Fruu Feldwebel vör de Mannslüüd steiht un jem so richtich anböölkt: ›Im Gleichschritt maaaarsch – ihr Säcke – aber zack, zack!‹ – Och, wenn ik dor so över nodinken do, nee, denn … also villicht goh ik dor doch noch hin. Un ik as Fruu Oberfeldwebel … Im Gleichschritt … maaaarsch!

Jümmer mehr Geheemtohlen!

Je öller ik warr, je mehr schall ik mi marken!
Weer dat fröher man jüst mien Postleittohl, mien Huusnummer un de Telefonnummer, de ik in'n Kopp hebben müss, keem dor al gau 'n Fax-Nummer dorto, denn de eerste Konto-Nummer, denn de Scheckkort mit de Geheemtohl ... un de kunn ik mi ganz goot marken. Dat weer ›Papas Burtsdag plus 2 Johr‹! Den Zeddel mit de Geheemtohl an'n besten in'n Mund steken un doolschlucken, seggt de Mann vun de Bank domols to mi!
Denn an mien Rad dat Slott mit de Tohlenkombinatschoon. Dor nehm ik Mamas Burtsdag! Denn dat eerste Händi mit 'n ›Pin-Code‹, un dor worr dat al wat schworer. 1875! So, wo schull ik mi dat nu marken? Achteihnhunnertfiefunsöbentig ... keen Kriegsenn, keen Kriegsanfang, nüms dootbleven, den en kennt, keen Burtsdag ... den Zeddel mit den ›Pin-Code‹ an'n besten in'n Mund steken un doolschlucken, seggt de Mann, de mi dat Händi verköfft hett!
De spinnt woll! Ik kann mi doch nich all de Zed-

del mit de Nummern in'n Hals steken un doolschlucken!

Ik harr 'n Idee. Ik heff eenfach 'n lütten Geheemkuffer köfft, mit ›Tohlenslott‹ … dor keemen nu all de ›Geheemnummern‹ rin: de Afhörcode för mien ›Anrufbeantworter‹, mien Versekerungsnummern usw.!

Denn keem de eerste Computer. Passwoort hier Passwoort dor, un all dree Weken schall een so'n Passwoort ännern! Wegen de Sekerheit! De Bank hett mi nu föfftig Geheem-Codes schickt för't ›Homebanking‹. De mütt ik mi twors nich all marken, de dröff ik blots nich dörnanner kriegen! So as güstern, as ik an'n Geldautomoten dreemol ›Papas Burtsdag plus 2 Doog‹ dorto statts ›2 Johr‹ dorto ingeven heff. Jümmer wedder, bit dat Ding de Kort nich wedder rutgeev … ›an'n besten binnen beholen un doolschlucken‹ segg ik to den Automoten!

Ik koom dor jo man blots op, wiel ik güstern vör mien lütten Geheemkuffer seet, den mit dat Tohlenslott. Dor harr ik domols Uwes Burtsdag ingeven. Blots mit Uwe bün ik al siet veer Johr nich mehr tohoop … un nu froog mi blots nich, wonehr de nu noch Burtsdag harr!

Mien Tung is keen Flokati

Ik sitt mit mien Fründ an'n Fröhstücksdisch, un he hett al gau mol de Zeitung hoolt. Dat mookt he jümmers so, wiel de vun uns, de de Zeitung hooch hoolt hett, un dat sünd 90 Treppenstufen rünner un 90 Treppenstufen wedder rop, de dröfft sik den spannensten Deel toeerst nehmen. De anner mutt eerstmol lesen wat över blifft. Mi is dat recht. Wiel he nimmt sik sowieso jümmer den Sportdeel toeerst un de Sportdeel interesseert mi överhaupt nich. Dat weet he over nich. Wiel, wenn he mit de Zeitung kümmt, denn segg ik jümmer: »Och, hast Du Dir jetzt schon wieder den Sportteil genommen?« Un denn freit *he* sik un *ik* weet, dat he Morgen wedder loslöppt.

He sitt also vör sien Sportdeel un ik vör den Rest, un wiel ik jo 'n Fruu bün, also vun Natuur ut 'n grötteret Mitteilungsbedürfnis heff, as he, lees ik em jümmer mol so'n beten wat vör ... ut mien Deel rut, in sien Sportdeel rin.

»Samma, wusstest Du, dass es an der Berliner Charité, ne, das es da jetzt 'ne Mundgeruchssprechstunde gibt?«

»Mhhh …«, seggt he. »Wusstest Du das?«, froog ik noch mol no.
»Was?« – »Du hörst ja gar nicht zu!«, segg ik.
»Ich les grad!«, seggt he. »Ich auch«, segg ik, »aber man kann auch lesen und zuhören auf einmal!«
»*Du* kannst lesen und zuhören auf einmal!«, seggt he.
Ün wiel de Daag noch so jung weer un ik noch keen Striet wull, lees ik ganz sinnich wieder vör mi hen … 2/3 vun de Bevölkerung hett gelegentlich, over jeede 10. stennich Mundgeruch, steiht dor. Un dat 'n dat sülvst gor nich rüken kann, wenn 'n ut'n Hals stinkt. Wiel unse Nääs, allns wat se to foken rüken deit, jichtenswann nich mehr rüken kann, wiel unse Nääs wedder Platz bruukt för niege Gerüche, de se noch nich kennt. Spannend! Un dat Mundgeruch meisto an de Tung liggt, ode beter seggt op de Tung, wiel unse Tung, de mutt'n sik vörstellen as so'n Flokati-Teppich. Un so as sik de Dreck twüschen de Teppichflusen sammelt, so sammelt sik de ganzen Bakterien in de Tungenfurchen. Un je grötter de Tung, ümso mehr Bakterien lungert dor rüm.
Ik finn jo de Vörstellung an so'n Zungenkuss, de kriggt dör düssen Bericht 'n ganz annern Bigeschmack.
Also ik weet, dat mien Tung nich utsüht as'n Flokati.
Mien Tung is mehr so'n Perser-Teppich!

De Ünnerscheed twüschen Lösung un Kompromiss!

Wenn dat Leven nu sowieso al unruhich is, dennso bruukt en so sien Rituale. Sowat as: morgens Koffie mit Koffein, nomeddoogs Koffie ohn Kofffein un Alkohol eerst wenn't düüster is.
Wenn 'n denn over mit sien Liebe tohoop trecken deit, denn mütt 'n toseihn, dat du dat ›Tohoopleven‹ un dien Rituale jichtenswo ünner een Hoot kriggst.
Bi uns hett dat eenigermoten goot funkschioneert, bit op een Sook. Wenn ik ovends no 'n Bett goh, dennso geiht dat mit mien Rituale so: Finster op, Licht an, rechts de Zigaretten, links wat to Drinken un vör mi op de Bettdeek de Feernbedeenung so, dat ik mi ganz bequem in'n Schloop ›zappen‹ kann.
Wenn he ovends no 'n Bett geiht, dennso geiht dat mit sien Rituale so: Finster dicht, Gardien' to, Feernseher ut, Licht ut, un nocheens de Stünn' tellen, de he noch schlopen kann, vör de Wecker geiht.
Dat eenzigst Ritual, wat wi beide hebbt is, dat wi beide geern mittich in'n Bett liggt. Dat is over mit

2 in 1 Bett rein ›physikalisch‹ nich mööglich un warrt dorüm ok nich wieder utdiskuteert.
An'n Anfang, as de Liebe noch frisch weer, dor heff ik versöcht, sien Rituale to övernehm'.
Ik leeg denn jümmer hellwook Klock 11 dor un müss em all 5 Minuten schütteln.
»Was ist, schnarch ich schon wieder«, froogt he denn.
»Nee«, segg ik, »aber Du ... atmest.«
»Ich muss atmen«, seggt he denn.
»Ja«, segg ik, »aber Du atmest so ... so komisch ... so ... ch ch ch. Und Du atmest mich an ... ich kann nicht schlafen, wenn mich einer anatmet!«
Dorno hett he versöcht, mien Rituale to övernehm'. Dat güng over blots eenmol, wiel ik meisttiets utschlopen kann, he morgens over al Klock halvig 6 opstohn mutt ... un he dat an den Daag schafft hett, ganz ohn Rituale un in'n Stohn bi de Arbeid intoschlopen.
Wenn he ovends mien Rituale övernimmt, seggt he as he no Huus kummt, dennso müss ik morgens ok sien Rituale övernehmen. De Pries weer mi to hooch un wi hebbt nu versöcht, 'n Kompromiss to finnen: He hett mi 'n ›schnurlosen‹ Kopphörer schenkt, so'n Riesending, wo du noch de Sendefrequenz an'ne Ohrn instellen müsst, un ik sehg ut as een vun de ›Teletubbies‹, de in'n Düstern neven em in'n Bett sitten deit, ohn Zigaretten un ohn mi to rögen.

He kann woll nu schlopen un ik kann ok Feernsehn kieken, over so richtich Spooß mookt uns dat beide nich. He kann nämlich blots so lang schlopen, bit de eerste gode Witz wiest warrt un ik luut lachen mütt. Dennso sitt he stickel op un wook neven mi, un kickt mi vergrellt an. »Winki, winki«, roop ik em denn luut to. En hett jo mit düsse Dinger op de Ohrn jümmer keen Geföhl mehr för sien eegen Luutstärke.
Un denn ritt he mi de Hörers vun Kopp un bölkt: »Das ist keine Lösung!«
»Nee«, segg ik, un sett mi de Hörers wedder op, üm denn luut wedder trüch to bölken: »Aber 'n guter Kompromiss!«
He haut sik sülvst dat Küssen över'n Kopp un ik lees an'n neegsten Daag in de Zeitung de Överschrift:
›50 Jahre Ehe, Frau erwürgt!‹
Un wieder steiht dor: ›Danach erhängte sich der 82-jährige Ehemann in der Garage!‹
Un nu warrt kloor, unse Kompromiss is würklich keen Lösung, over de Lösung kann mannigmol richtich hart ween!

Reflexe

Wenn 'n Fründ hett, de Dokter is, dennso hööört sik dat eerstmol wat beter an, as dat is! Em sülvst kriggst du eegentlich ni nich to sehn.
»Du Schatz, wird später«, »Du Schatz, da hab ich Dienst«, »Du Schatz, fangt schon mal ohne mich an«, »DuSchatz, DuSchatz, DuSchatz!«
Un üm mi de Tiet to verdrieven bit »Du Schatz« denn doch mol jichtenswann no Huus kummt, fang ik an to lesen!
›Medizinische Literatur‹, wat sünst! Dormit köönt wi uns tohuus nämlich doothaun. Ik heff sogor dat Geföhl, sien ›Medizinische Literatur‹ kann sik jichtenswo automatisch vermehrn. Op't Klo, inne Köök, sogoor in't Bett ... överall liegt düsse unappetitlichen Böker rüm. Over as ik al seggt heff, ik tööv mol wedder op »Du Schatz« un vör mi liggt 'n Book över Reflexe.
Och, dink ik, dat hööört sik jo mol nich ganz so ekelich an, dor kickst mol rin. Un wohrhaftich! Spaaaaaaannend, segg ik jo! Hebbt ji wüsst, dat wenn 'n lüttjet Baby an de Wäschelien hangt, dat de dor an hangen blifft? Also nich mit Wäsche-

klammern fastmookt, dat meen ik nich! Sünnern dat is 'n Reflex! De griept mit ehre lüttjen Hannen de Wäschelien un loot de ok nich vun alleen wedder los. Du, de kann'n dor stünnlang an bammeln loten, ohn dat de rünnerfallt! Wooosooo weet ik dat nich? Woso vertellt mi dat nüms? Ik harr doch vendoog 'n ganz anneret Verhältnis to't Kinnerkriegen. Ik meen, de leve Gott, ode de Natuur mütt sik dor doch wat bi dacht hebben... bi düssen ›Wäscheleinenreflex‹... Minsch, wenn so'n Baby eerstmol an'ne Lien hangt, denn hest du doch as Mudder alle Tiet vun de Welt. In Roh inköpen, sauber moken. Sogor 'n utgiebich Koffiekränzchen is denn doch noch mööglich!

Un en müss sik mol schlau moken, wo lang en den ›Wäscheleinenreflex‹ eegentlich so utreizen kann. Of 'n nich villicht sogor mol ungestört in Urlaub föhrn kann. Mol richtich wiet weg!

Fruun un Football

Ik sitt mit 'n Beer in de Hand vör de Glotze un kiek Football, Sportschau, Delling ... schood, dink ik, dat dor nich so'n beten Geschirrklötern ut de Köök kummt. Dat find ik jümmer so schöön! Wenn ik Football kiek, un he steiht in de Köök, denn weet ik jümmer, dat de Welt noch in Ordnung is.
Vendoog klötert dor nix in de Köök! Vendoog sitt he neven mi un drinkt ok 'n Beer un kickt ok Football ... mmmmmhhhhhh »Hungaaaaaa« ... roop ik, un versöök em so in de Köök to kriegen. »Jetzt nich«, seggt he ... mmmmmhhhhh »Och ...«, segg ik, »... woneer kummt denn eegentlich dat Bayern-Speel?«
»Siet wann interseerst du di denn för dat Bayern-Speel?«, froogt he.
»Woso«, segg ik, »siet ik Bayern-Fan bün.«
»Siet wann büst du denn woll Bayern-Fan?«, froogt he.
»Al lang«, segg ik un nehm eerstmol 'n örnichen Schluck Beer ut de Buddel un wies em so, wo eernst mi dat dormit is.

»Ik dink, du büst St. Pauli-Fan?«, lacht he.
»Quatsch«, segg ik, »St. Pauli, de sünd doch nich mol mehr in de 2. Liga!«
»En kann ok Fan vun een Mannschaft ween, de in de 2. Liga ode in de Regionalliga is«, seggt he, »dat hett wat mit Treue un Solidarität un Geföhl un so to doon!«
»Nö«, segg ik, »dat is mi to anstrengend un to langwielich! Schüllt se beter spelen, denn blief ik jem ok treu!«
»Over en kann doch nich eenfach jümmer den Vereen wesseln«, seggt he, »so 'n Mann«, seggt he, »de wesselt in sien Leven woll 'n Barg, un mitünner sogor eeter de Fruu, over in sien Leven wörr so 'n Mann ni nich sien Vereen wesseln! Un woso nu jüst de Bayern?«, froogt he.
»Wiel de goot utseht«, segg ik, »un wiel dor jümmer wat los is, un wiel de jümmers jichtenswat gewinnt. Sülvst wenn se de Champions-League un den UEFA-Cup vergeicht, warrt se jümmer noch Meister! As Bayern-Fan büst jümmers op de sekere Siet«, segg ik!
»Boah Fruun«, seggt he ...
»Jo, jüst«, segg ik, »Fruun! Fruun sünd so, wiel de meisten vun uns de 2. Liga al bi sik tohuus op 'n Sofa sitten hebbt!«

Wen man je schlafen sah ...

Ik lieg mol wedder so dor un kann nich schlopen. Neven mi is he jüst wedder dorbi, den kumpletten ›Regenwald‹ ümtosogen.
»Wen man je schlafen sah, den kann man nie mehr hassen«, hett mol jichtenseen Nobelpriesdreger seggt. Ik harr düssen Minschen to geern mol froogt, wo dat denn woll mit den is, den »man schlafen hört«? Un ik wunner mi, dat so'n Mann för so'n halve Wohrheit mol 'n ganzen Nobelpries kregen hett.
Ik verstoh dat gor nich. Ansünsten hett unse Evolution doch allns in Griff kregen. Allns wat de Minsch nich mehr bruken dä, dat leet de Evolution eegentlich ok över de Johrn verschwinn'. Unse Ganzkörperbehoorung is weg, also bi de meisten vun uns. Wi loopt nich mehr op 4 Been, wiel op 2 Been lopen veel beter utsüht, un de lange Steert is uns ok jichtenswo mol affullen, ode op jeedeen Fall is de 'n ganze Eck körter worrn. Woso also kriggt de Evolution dat mit dat Schnorken nich in'n Griff? Weet 'n doch vendoog: de Mann schnorkt, wiel he ganz fröher so de Möög-

lichkeit harr, to schlopen, un over gliektiedig sien Weibchen un sien Kinner to beschützen.

So, leve Evolution, nu glööv du doch blots nich, dat sik vendoog noch jichtenseen Inbreker vun dat Schnorken vun so'n Huusbesitzer afschrecken lett. Un dorüm höllt sik unse weibliche Dank an dat Männchen för sien Beschützer-Schnorken ok recht wat in Grenzen.

In'n Gegendeel. De schnorkende Mann leevt sogor gefährlich.

Forsa hett mol wedder rümfroogt. Un se hebbt dorbi rutkregen, dat 14 % vun de frogten Fruuns ehrn schnorkenden Mann an'n leevsten ümbringen muchen. »Wenn er schnarcht, könnte ich ihn umbringen«, hebbt se seggt.

Ik finn jo, se schullen düsse Fruuns ok 'n Nobelpries geven, dorför, dat se dat mit dat Ümbringen jümmer wedder un jümmer wedder vun Nacht to Nacht opschuven dot.

Öller as Gudrun Landgrebe

»Minsch, nu höör doch mol op dormit …«, seggt mien Fründ. »Womit denn?«, froog ik em. »Na, dat du jümmer seggst, du büst 38. Du büst nich 38, du büst 37. Du warrst jichtenswann 38, un neegst Johr warrst du ok noch nich 40! Also nu fang nich al an, de Lüüd to dien 40. neegst Johr intoloden.
»Quatsch!«, segg ik, »ik heff doch lest Johr mien' 38. fiert!« – »Jo«, seggt he, »Schlimm noog!« Un denn fangt he an, mi genau vör to reken, woneer ik boorn bün un dat he recht hett. Ik bün 37. Stimmt, ik heff mien' 37. gor nich fiert. Un frei mi eerstmol so'n beten vör mi hen, dat ik doch noch mehr ›Mitte 30‹ un weeniger ›bald 40‹ bün. Ik loop eerstmol no'n Spegel hen un versöök mol, mi 'n ganz neutralet Bild vun mi un vun mien Öller to moken. Over so richtich geiht dat nich. Ik finn, ik kunn ok 29 ween, over ik kunn ok 44 ween. Ik wörr mi beides glöven. Un ik mutt dor an dinken, wo annerdoogs de Kieler Zeitung över mi schreev: »… Mit ihrer Lesebrille und leicht angegrauten Haaren sieht sie aus, wie die ältere Schwester von Gudrun Landgrebe …«

Dat mit Grudrun Landgrebe pinsel mi nu eerstmol meist den Buuk, over dat mit de öllere Schwester weer denn doch 'n Schlag in't Gesicht.
Gudrun Landgrebe is 53! 53! Wenn de mit 16 nich oppasst harr, denn kunn de vendoog mien Mudder sien. Un dat heet doch woll ok, ik sehg as öllere Schwester ok noch öller ut as 53! Un dat mit ›Mitte 30‹.
Fränki, mien Friseur, de hett doch al jümmer to mi seggt, dat ik mi de grauen Hoor wegfarven loten schall. Fränki seggt jümmer, Fruun mit graue Hoor, de seht so old un unfruchtbor ut. »Wilde Pflaume«, seggt Fränki jümmer, »wilde Pflaume wärr suuper für Dich, Schatz«, näselt he.
Blots, wenn 'n sik al föhlt as 'n Plum, dennso will 'n jo nich ok noch so utsehn. Un ik froog mi, of Fränki woll weet, dat Friseur op plattdüütsch ›Putzbüddel‹ heet.
»Freu dich doch«, lacht mien Fründ breet vun achtern in mien' Spegel rin. »Worüber?«, froog ik. »Na, das die nicht geschrieben hat, du siehst aus wie die Zwillingsschwester von Inge Meysel.«

Ina is krank!

(Wenn ji de Geschicht luut lesen dot, mööt ji de Nääs dorbi dicht holen, denn mookt de noch mehr Spooß!)

So fix as düttmol gung dat over noch ni. Dat mutt 'n richtich agressiven Virus wesen sien. Bi't Inschlopen dach ik noch – minsch – dat is jo koomisch – wenn dat man nich so'n richtich agressiven Virus is, dien eenet Nääslock is jo mitmol to ... richtich dicht ...
Man goot, dink ik noch, dat uns de leve Gott twee Nääslöcker geven hett. Dat hett he överhaupt ganz goot mookt, dink ik noch kort, vör ik eennich inschlopen wull, dat he uns so veel glieks tweemol geven hett: twee Arms – twee Been – twee Ogen – twee Ohrn ...
Un ik överlegg noch, wo he dor woll so op komen is, dat so to moken, un nich anners!
Un woso he uns woll blots een Gehirn un blots een Hart geven hett? Un denn krieg ik op eenmol 'n ganz hitten Kopp! Ina, du dinkst to veel, dink ik noch so, un ik froog mi: Woso nich een Arm un

twee Gehirne – häää? – so'n Reservegehirn weer doch wat dulles! Ode twee Harten un blots een Oog? Un wo goot he ok allns verdeelt hett, dat de Been dor sünd woneem se sünd un uns nich vun de Schullern dolhangt. Dennso mussen wi nämlich allns ümdreihn, un harrn den Kopp twüschen de Been hangen. Un wo blööd dat utsehn harr, dat wull ik mi gor nich eerst vörstelln!

Un denn mark ik ok al wo mien Kopp noch hitter warrt, dat dat tweete Nääslock ok noch schlapp mookt un wo dörch mien Nevenhöhlen de Sintfloot löppt, un ik froog mi, wo Noah dat woll domols mookt hett, as bi em de Sintfloot keem. Mit de ganzen Tiern? Keen kummt nu mit op sien Arche, un keen nich? ... Häääää?

Hett Noah womööglich domols ok al 'n Casting mookt? So as se dat vendoog op RTL mookt – statt Deutschland sucht den Superstar, Noah sucht das Supertier?

Dor dröffen jo man jümmers blots twee vun een Sorte mit rop op sien Schipp! Mussen de Tiern sik qualifizeern ... de Lamas mussen Lamaweitspukken moken, un de düütsche Schäferhund de Nationalhymne bölken?

Naja – heff ik weenichsens wat to'n Nodinken Övernacht, dink ik noch so as – as ik wedder nich schlopen kann ... Ik find jo, grundsätzlich 'n poor mehr Nääslöcker harr he uns ruhich geven kunnt! De leve Gott! Man rein as Reserveventil!

De Schöönheitschirugie

»Wenn die Frauen verblühen, verduften die Männer«, seggt jichtens so'n Sackgesicht vun Schöönheitschirug in jichtenseen Interview op jichtenseen Sender. Un denn lacht he över sien eegen Witz un tatscht dorbi 'n meist – na, seggt wi mol – 25-jährige junge Fruu an ehrn frisch opereerten Busen rüm.
Düsse ›Busen‹ is bit boven hen vullpackt mit Silikon un sitt direktemang bi ehr ünnern Hals!
»Ich bin ein ganz neuer Mensch«, seggt de Deern.
»Das glaub ich«, seggt de Sack!
Boah, mi warrt slecht! Ik mutt ümschalten – blots – op den neegsten Sender vertellt denn 'n Fruu wat över den niesten Schöönheitstrend! »Wir feiern jetzt Botox Partys, das ist der neueste Schrei!«, seggt se. Botox-Party heet, dor droopt sik Fruuns, as sünst to jehre Tupperwarenpartys, un sprütt sik gegensiedich Botox in't Gesicht. Botox is eegentlich 'n Nervengift. Dat is nu over so bearbeid worrn, dat se sik dat schöön gegensiedich in jehre Gesichtsfalten sprütten köönt un dordör de Gesichtsmuskeln lohm leggt warrt. Un

denn kann'n de Stirn nich mehr kruus moken, wiel de is gelähmt. Un woneem en nix mehr kruus moken kann, dor kann ok nix mehr faltich warrn!

Naja, dink ik, logisch, over dat gifft doch denn ganz niege Beziehungsprobleme! Wenn du op eenmol bi so'n Fruu so gor nich mehr sehn kannst, of de nu woll gode ode slechte Luun hett, de armen Männe. Dor stoht denn de Fruun vör jem – ganz fründlich un schier un glatt in't Gesicht un schreet jem ut'n Stand an, ohn Anloop to nehm. Un sülvst wenn se schreet, seht se noch fründlich ut, dat is doch krank!

Ik kann de Fruun eenfach nich verstohn. Dat is doch 'n Teufelskreis! Eerstan loot se sik de Hoor farven, dat geiht jo noch, over denn loot se sik den Busen opereern. So, denn passt over dat wat twüschen Hoor un Busen liggt, nämlich dat Gesicht, nich mehr to den Rest. Also mutt 'n nieget Gesicht her. Dat warrt denn meisttiets düsse ›Windkanal‹-gesichter! Weet ji wat ik meen? Wenn 'n Motoradfohrer bi 120 ohn Helm op'n Moped sitt, denn kann'n dat good sehn.

Dor flattert de Backen so no achtern weg.

»Messer-Schere-Zange-Licht, und fertich is das Zombi-Gesicht!«

Un wenn Schöönheitschirug Dr. Sackgesicht mi nu wiesmoken will, dat mien Mann verduften deit, blots wiel ik mi nich opereern loot, denn köst mi dat 'n ›müdes Arschgrinsen‹. Un wenn mien Moors vun't ganze Grienen ok noch soveel Falten kriggt, Botox loot ik mi in mien' Moors nich rinjogen!

Jümmer mehr Friseure

Mi is opfulln, dat hier bi mi in de Stroot nu al de drütte niege Friseurloden open mookt hett. Un dat is nich so, dat dat in all de annern Stroten ümto nich al noog Friseurlodens gifft. Wo liggt dat an? Hebbt Friseure denn jüst 'n Boom, ode wat?

Wi Fruun rennt doch nich opmol öfter no 'n Friseur hen as sünst? Un of dat an de Männe liggt, dat glööv ik nich! So'n Mann, wenn de nich jüst Popstar ode Footballer is, de ännert doch hööchstens 2–3 mol in sien ganzet Leven sien Frisur! Wenn se dat ansünsten ok nich so dormit hebbt, over op'n Kopp, dor blievt de meisten Männe sik treu. Villicht ok wiel se genau weet, dat sik jehre Frisur sowieso bald vun ganz alleen ännert. Dat sik sowieso för jeedeen Mann jichtenswann de Froog stellt: kort schnieden, ode dat wat noch dor is, schöön eenmol quer röver kämen! Dat is denn dat Model ›Hilfeschrei‹.

Also woso nu op eenmol düsse ganzen niegen Friseurlodens?

En seggt jo ok, dat de Minsch in de neegsten

100 000 Johr sien ganzet Hoor verleert. Överall. Allns weg! Ok dor, wo de Hoor eegentlich noch 'n Sinn mookt, dormit du dat ganze Gedööns dor nich so rümbammeln sühst.

Over 100 000 Johr, dat is jo noch 'n beten wat hin. Bit dorhin hett sik so'n niegen Friseurloden woll hoffentlich amortiseert.

De Forschers seggt jo ok, dat de minschliche Kopp jümmer grötter warrt. Wiel sien Gehirn jümmer grötter warrt. Dat stunn' in de Zeitung. Un villicht hebbt de Friseure dat ok leest. Un nu dinkt se, dat wenn de Kopp jümmer grötter warrt, denn sünd dor ok mehr Hoor op so'n groten Kopp. Un mehr Hoor op so'n groten Kopp, dat heet denn doch woll ok, wi bruukt mehr Friseure.

Dat mookt doch ok Sinn!

Un weet ji, wat de Forschers noch seggt? Dat unsen Kopp nich eenfach blots gliekmäßich grötter warrt, sünnerlich dat sik unser Gehirn so ganz wiet no vörn schuven deit, un wi kriegt denn all so'n dicken Buhlen vör'n Dötz. So as bi Frankenstein sien Monster!

Och, ik frei mi dor al op. Dat is jo ok 'n Chance! Villicht kiekt de Männe denn mol mehr dor op, welke Fruu den gröttsten un schöönsten Buhlen vör'n Kopp hett un nich mehr blots dorno, keen vun uns de gröttsten Möpse ünnern Hals hangen hett.

Textile Prothesen

Dor heff ik nu al lang op töövt! Un nu sünd se dor eennich op komen! Nu gifft dat den 1. BH mit 'n Pulsmeter dor binnen. Also, dat is twors 'n Sport-BH, over dat is mi jo egool! Eennich kann ik – woneem ik goh un stoh – mien Puls meten. Un *noch* is dor leider so 'n Apperoot binnen, de dat meten deit. Over sogor dat hett nu bald 'n Enn. In'n poor Johr sünd se sowiet, dor is denn de Stoff an sik de Sensor! Köönt ji jo dat vörstellen? Also dor treckst du di denn 'n T-Shirt an un de Stoff kann denn dien Puls meten! Dat haut mi echt vun'n Hocker!

BH's, de den Puls överwachen dot un T-Shirts gegen Diabetis, dor sünd se nu ok al bi – allns in Arbeid! Sogor 'n Strampelantoch hebbt se nu entwickelt, de nachts pingeln deit, wenn dat Baby sik beweegt, ode Fever kriggt, ode 'n örniche Lodung in'ne Büx bratzt hett. Dat is denn echten ›Schnulleralarm‹! … »Susanne, das Kind klingelt!«

Un se sünd dor bi un stellt nu Socken her, de de Salv gegen Footpilz al binnen hebbt. Düsse Sokken sünd imprechniert mit jichtentswat gegen

Footpilz! Dat is eegentlich ok 'n gode Idee, finn ik, blots dor schullen se man glieks noch in de Männesocken ok 'n beten wat gegen Stinkfööt mit rin imprechniern. Denn harrn wi hier ok nich so'n hoge Scheidungsrate in Düütschland! För de Fruuns mookt se nu je ok Strumpbüxen, woneem de Salv gegen Cellulitis al rinarbeid is. Dor crems du also automatisch dien Cellulitis bi't Gohn eenfach weg!

Ik sehg jo al den eersten Bankräuber mit so'n imprechnierte, durchblutungsfördernde Aloe Vera Strumpbüx över'n Kopp trocken in de Spoorkass stohn.

Over dat dullste is, se wüllt nu minschliche Organe ut Textilfasern nobuun! Näsen, Ohren, eegentlich allns wat du di dinken kannst – ›textile Prothesen‹ nöömt se dat! Schööne Idee, nich? Dröffs blots ni nich to hitt mit duschen, nich dat di dien niege Ohren glieks wedder inlopen dot!

Op de richtige Grötte kummt dat an

Wenn he uns to'n Burtsdag 'n Book schenkt, wat wi over al hebbt, dennso is dat nich so schlimm! Wenn he uns to'n Burtsdag 'n Kort för jichtenseen Kunzeert schenkt, un wi hebbt over an den Dag keen Tiet, dennso is dat ok nich sooo schlimm.
Wenn he uns over to'n Burtsdag wat to'n Antrekken schenken deit, un dat passt uns nich, dennso is dat woll dat Schlimmste, wat em un uns passeern kann! Is dat to lütt, dennso seggt wi: »Bin ich Kate Moss, oder was?« Un is dat to groot, dennso seggt wi: »Bin ich 'n Nilpferd, oder was?« ... Un uns is sofort kloor, dat wenn dat to groot is, dat he uns för dicker höllt, as wi eegentlich sünd. Un wenn dat to lütt is, dat he uns geern dünner harr, as wi eegentlich sünd! Beides is schlimm – un wiest uns, dat he uns gor nich richtich kennt, un dat he uns ok nich richtich liebt – un uns eegentlich hässlich find! Un vör *he* dat deit, mookt *wi* lever mit em Schluss, natüürlich nich, ohn em de to knapp sittende Bluus noch mol örnich üm de Ohrn to haun! Zack! AUA ...
»Aber da steht doch 38 drin«, versöcht he sik noch

to verteidigen. »Ja«, segg ik, »dat steiht dor binnen, over dat is 'n franzöösche Firma – un in Frankriek is 38 dat, wat bi uns 36 is!« Also harr he 'n franzöösche 40 nehmen müss, üm de düütsche 38 to hebben.

Un bi de italieenschen un spaanschen Grötten, dor harr he sogor 'n 44 nehmen müss – wenn de groot utfallt – sünst 'n 46! Sowat weet 'n doch! Un – segg ik em noch – wenn dat 'n Bluus ut Ingland ween weer, ne, dennso harr dat 'n 12 ween müss. Un in Schweden heff ik 19 c!

Un wenn he sik ok blots 'n beten för mi intresseern wörr, dennso wüss he ok, dat 'n düütsche 38 nich glieks 'n düütsche 38 is! Dat gifft nämlich nu de niegen ›Schmeichelgrößen‹. Dor schrievt se in'n 38ger Bluus eenfach 36 rin! »Und?«, seggt he, »das is dann der ›guck ma Schatz, 36 passt wieder‹ Effekt, oder was? Na, häppy Börthday!«

Geiz is geil

Uns hett 'n – ik glööv al in'n Kinnergorden – bi-bröcht, dat een vun de schlimmsten minschlichen Eegenschaften woll de Giez is. Kinner, de nix afgeven dään, de worrn in'n Kinnergorden al dormit optrocken, in de School later knallhart dör ›Nichtachtung‹ strooft un in 'ne Pubertät worr Giez sowat vun unsexy. Wenn 'n Typ rinkeem un he nich sofort sien Zigarettenschachtel op'n Disch schmieten dä, dennso harr he al verlorn. Nüms vun uns Deerns wull mit 'n Jung knutschen, de sien Zigarettenschachtel boven in sien Jeansjackentasch steken harr un sik jümmer blots een enkelte Zigarett, blots för sik, mit 'n geschickte, nich to opfällige Handbewegung, ut de Tasch pulen dä, dat blots nüms seggt: »Oh, gib mir auch mal eine«!

Jichtenswo güng denn over woll 'n Ruck dör düsse slechteste vun de slechten Eegenschaften, un de Giezigen weern nu nich mehr de Giezigen, sünnern de ›Schnäppchenjäger‹, wat sik je eerstmol wat ›sportlicher‹ anhöört, as ›Giezkrogen‹, ode sowat.

Se föhrt kilometerwiet to'n Tanken över de Grenz, wiel dat Benzin dor 'n poor Cent billiger is. Se fleegt no de Türkei, wiel de Ogen-OP dor 400 Euro billiger is, ok wenn jem dat alleen 400 Euro köst, dor överhaupt hen to komen. Se kööpt sik de gesammelte, klassische CD-Edition vun Rachmaninow, nich wiel se Rachmaninow kennt ode geern hööort, sünnern wiel 'n sooo veele CDs för sooo weenich Geld kriggt.

Noch schlimmer, de ›Billigflüge‹ vun Köln no Madrid för 19 Euro!

Wenn ik mi vörstell, ik sitt dor in so'n Fleger binnen un de störrt af, un dennso steiht noher op mien Graffsteen: »Starb beim Absturz eines Billigfliegers (19 Euro), irgendwo zwischen Köln und Madrid«. Düsse Schmach! Un de Lüüd worrn denn op dat Gräffnis frogen: »Ach, wat wull de eegentlich in Madrid?« – »Nix«, worrn se denn to hööorn kriegen, »over de Flug weer so schöön billig«!

Den echten Giez, ode seggt wi mol, Giez in sien ›absolute Vollkommenheit‹, den gifft dat nu över't Internet to buchen.

Ik meen dat ›Speed-Dating‹. Dat is 'n niege Form vun ›Blind-Date‹. ›Blind-Date‹ heet jo, dor droopt sik Mann un Fruu, ohn sik to kennen un eet 'n beten wat, un drinkt 'n beten wat un vertellt sik 'n beten wat un mit ganz veel Glück verliebt se sik sogor 'n beten wat. Nu kann so'n Ovend over doch al mol wat lang warrn, wenn du di Klock 8 drepen deist, un veertel no 8 haut di dat over al vör langewiel den Kopp in'ne Supp, wiel du weest, dat he mol wedder nich de ›Liebe des Lebens‹ is, sünnern wenn överhaupt, dennso is he 'n ›Kompromiss‹, un 'n Kompromiss is nu mol jüst dat Gegendeel vun de ›Liebe des Lebens‹. Un wiel dat allens to lang duurt un ok to veel Geld un to veel Tiet köst, gifft dat nu ›Speed-Dating‹. Dat funkschioneert meist so as de Reis no Jerusalem: 7 Fruun, 7 Männe, droopt sik in 1 Lokol. Se sitt sik gegenöver, un hebbt genau 7 Minuten Tiet, sik 1 mol kennen to leern, un wenn de 7 Minuten üm sünd, dennso rutscht he gau een wieder, zack, an'n neegsten Disch …

Schnäppchenjäger ünner sik … ode beter: wenn Giezige geil sünd!

Un dat Schöönste is, de 7 Minuten reekt genau för een Zigarett, wenn he de gau genoog un unopfällig ut sien Jeansjackentasch rutpuult kriggt!

Fruun un Alkohol

Wi sitt in 'n Kneipe un an 'n Nevendisch höör ik 'n Fruu woll dat teihnte Mol to ehr ›männliche Begleitung‹ seggen: »Du, ich sach schon mal, gleich bin ich betrunken!« Ode se seggt: »Du, ich warne Dich, gleich bin ich betrunken!«
Ik kann mi hier al gor nich mehr op mien Runde kunzentreern, wiel ik de ganze Tiet dor op tööv, dat se dat wedder seggt. Ode dat se eennich ›Erlösung‹ find: »Siehste, nu isses soweit, nu bin ich betrunken!« Over dat seggt se nich.
Woso mööt Fruun ehrn bevörstohn Kuntrullverlust eegentlich jümmers so luuthals ankünnigen? Wat stickt dor achter?
Wüllt de Fruun jehr Gegenöver dormit seggen: »So, vun nu af an mag ik bitte nich mehr eernst nohm warrn, wiel nu bün ik nämlich besopen!« Ode schall dat heten, dat he *nu* bitte anfangen kann mit rümknutschen un rümgrabbeln, wiel se jo nu so besopen un ganz wehrlos is. Ode bruukt se för den Daag dorno 'n gode Utreed, wenn sik mol wedder rutstellt, dat he man doch mehr so de Middelklassewogen, un weeniger de Mercedes is,

för den se em anfangs holen hett? ... He also den Elchtest leider nich bestohn hett? »Du, sei mir nicht böse, aber ich hatte zu viel getrunken ...!«
Männe seggt sowat nich! Nie! Tominnst heff ik dat noch nich höört. Männe suupt vör sik hen, un jichtenswann, meisttiets nodem se lang gor nix seggt hebbt, kummt denn mol sowat as: »Oh, man, bün ik knülle«, un ferdich sünd se dormit.
Un düt stännige, inflationäre sik Toprosten, dat is ok so 'n Fruunding. Kannst nich een Schluck doon, ohn dat nich vun jichtenswo een Glas anschoten kummt un ›Prohoost‹ schreet. Mannigmol deit mi an'n neegsten Daag de Arm dorvun richtich weh. Un egool, wo deip du jem dorbi al in de Ogen kickst, dor is jümmer een dorbi, de schreet: »Na? ... immer schön in die Augen gukken dabei, sonst gibt das 7 Jahre schlechten Sex!« Dütmol keem dat vun'n Noverdisch, woneem ok sünst vun. Ik lach den Middelklassewogen un sien ›Begleitung‹ an un segg: »Och, lieber 7 Jahre schlechten Sex, als 7 Jahre keinen, nich? Prohoost!«

Nichtraucher!

Dat gifft dat jo woll nich, nu köst de Zigaretten bald 4 Euro! Wenn *dat* so wiet is, denn höör *ik* over mit dat Schmöken op! So, ode so ähnlich kunnst' dat höörn, as de Zigaretten noch 3 Euro kosten dään! Un egool, keen vun uns dat jüst wedder seggt, wi nickt all un denn griept wi all wedder to. Jeedeen rin in sien Schachtel un denn treckt wi alltohoop eerstmol wedder een dörch, en weet jo ni nich, wo lang 'n sik dat noch leisten kann.

Sabine schmöökt ehre Zigaretten jümmers blots bit to Hälfte op. Jümmer 'n halve ›Light‹, een vun de Sorte, wo du di ok jüst so goot 'n hitten Fön in Hals holen kannst, un wenn se de half dörchtrokken hett, denn drückt se de ut. Wiel se nix ekeliger finnen deit, as so'n to korten Zigarettenstummel twüschen Fruunfingers, seggt se.

»Dat kunn he nich«, seggt Ralf! »De schööne Zigarett!« Bi em weer dat jüst annersrüm. Je korter de Zigarett warrt, je schworer kann he sik vun ehr trennen. Un denn treckt he noch mol so düchdich, dat de Filter meist anfangt to brennen!

»Ja, ja«, segg ik, »Ralf, und im Filter sind die Vitamine, nich?« Ik sülvst bün jo eegentlich gor keen richtigen ›Raucher‹. Dorüm quäl ik mi ok nich jümmer mit den Gedanken, opletzt mol mit dat Schmöken optohöörn. Wiel dat nämlich jümmer wedder Momente gifft, wo ik genau weet, dat ik dat gor nich würklich bruken do.
In'n Tuch t.B., dor sett ik mi ni in't Rauchafdeel, dat bruuk ik överhaupt nich, dor goh ik blots röver, wenn ik mol een schmöken will.
Un ik mark dat doran, dat ik ovends ni nich noch mol rut gohn wörr, blots wiel mien Zigaretten nu all sünd, un ik villicht noch mol geern een schmöken worr.
Also wenn ik vörher allns, over ok würklich allns mit bevern Hann no Lüttgeld dörsöcht heff ... also jeedeen Büx, jeedeen Jack, jeedeen Hanntasch, jeedeen Schuuvlood un jedet lüttje Sammelglas nokeken heff, of ik nich doch noch jichtenswo 4 Euro finnen kann ... Mien Gott, denn nehm ik mi even de gröttste Schokolood, de ik noch finnen kann, un denn geiht dat ok mol ohn Zigaretten. Mannigmol sogor, ohn den halven Stumpen vun Regina, de sünst noch in'n Aschenbeker rüm liggt.
Ik segg jo jümmer: »Ina, Du büst woll de eenzigst Nichtraucher in Düütschland, de dat op *een* Schachtel an'n Daag bringt.

Nomen est Omen

Barbara is schwanger. Eennich. Barbara hett sik jümmer 'n Deern wünscht. Woso? Weet se ok nich, woll wiel se den Noom Eva so geern mag. Se wull al jümmer 'n lüttje Deern hebben, de Eva heet. Nu kriggt se over 'n Jung, un dat is eegentlich ok goot so: Wiel Brauni, also de Vadder vun dat Baby, de heet mit Nonoom Braun, wat je eerstmol 'n schöön' Nonoom is, over wenn Du nu 'n Deern kriggst, de unbedingt Eva heten schall un de Vadder heet over Braun! Dat kannst doch nich verantworten.

Un den Nonoom vun Barbara, den wull ok nüms hebben. Nichmol se sülvst. Dorüm heet se nu ok bald Braun un nich mehr Schrott. Un dat Baby warrt ok keen Schrott. Dat warrt nu ok 'n Braun. Also sitt wi mit Familie Braun bi't Eten un vör dat Thema överhaupt op jichtenswat anners komen kann, froog ik gau: »Und? Mmmhhh? Wie heißt er denn jetzt?« ... Ik kunn Stünn dormit tobringen, no Nooms för ungeborene Babys to söken ... bi jeedeen Vörschlag, den ik mook, kiek ik de Öllern groot an, üm blots nich een Sekunn' to ver-

passen, wenn se denn opletzt opspringt un roopt: »Ja, Ina, das ist es, so soll es heißen!«
Sowiet sünd wi over noch nich! Koomisch is ok, egool wat för'n Noom ik vörschlogen do, sofort warrt doröver nodacht, wat för'n Ökelnoom de annern Görn ut de Klass dor woll ut moken dot. »Denn nennt em doch glieks Klausi«, segg ik, »dor kannst nix mehr an kaputt moken, dat ›i‹ is dor al binnen, un Klausi ... wenn Klausi groot is ... wat freit de sik woll, dat he nich as Kevin dörch de Gegend lopen mutt.«
»Ode wat is mit Hanno?«, froog ik! »Ode Bolko, ode Janko, ode so?« Se sochen keen' Noom för'n Jagthund, seggt Barbara, un nix wat to Noorddüütsch is. »Ludwig«, segg ik! »Ina, bitte!«, seggt se. »Helmut«, segg ik, »lässt sich auch nur ganz schwer 'n ›i‹ hinten dran hängen.« – »Kommt in die engere Auswahl«, seggt Brauni, »so heißt nämlich mein Vater!« – »Meiner auch!«, seggt Barbara. »Meiner auch!«, seggt mien Fründ. »Brauni?«, froog ik Brauni, »wie heißt *du* eigentlich mit Vornamen?« – »Öööhhh Michael!«, seggt he. »Ach«, segg ik, »sacht das auch mal einer?« – »Nö«, seggt he. »Siehste ...«, segg ik.

Op 'n Hund komen

In'n Momang heff ik veel Tiet dormit tobröcht, mien Fründin Regina to verstohn, de mi nu siet 'n half Johr dormit in de Ohrn liggt, dat se sik opletzt 'n Hund köpen will. Den Wunsch, seggt se, sik vun so'n truun Fründ dör't Leven begleiten to loten (un 'n mutt dorto seggen, Regina is Singel), de warrt jümmer grötter. Un denn fangt se wedder an, un vertellt mi, wo schöön dat an'n Morgen weer, wenn se mit so'n Hund Joggen gohn kann ...
»Stooop«, segg ik, »Regina, du schafft dat jo noch nich mol ohn Hund an'n Morgen vör de Döör, vun't Joggen will ik hier gor nich eerst schnakken!«
»Ja«, seggt se, »over mit so'n Hund, dor müss se jo denn rut ...«
Ik segg: »Regina, du bruukst wat to'n Schnacken op 2 Been, so'n Hund, de hett doch 'n veel to lütten ›Wortschatz‹, de kann di keen richtigen Fründ ween.« Ok weet ik je, dat Regina Hunnen eegentlich blots vun'n wieden ganz sööt find'. Wenn ehr mol so'n Hund anspringt, denn bölkt se jümmers glieks »Oh, meine Hose« ode »Ih, der

stinkt, nimm den weg« ... un annerdoogs heff ik sogor sehn, as se mit'n Foot den lütten Hund vun Ralf (de jo ok jümmer noch Singel is, ik meen Ralf, nich sien' Hund, ode beter seggt, eegentlich sünd se beide Singels, Ralf un sien Hund) ... öhhh, wat wull ik seggen, ja genau, wo se mit'n Foot den lütten Hund vun Ralf so fies vun't Sofa keult hett, dat den armen Köter dat quer över't Parkett schleit. »Was hat er denn«, froogt se schienheilich, as Ralf un ik jüst in den Momang wedder in de Döör stoht.

Sowat hinterfotziges kenn ik eegentlich blots vun mi, over ik dröff dat ok, ik will jo ok keen' Hund hebben!

»Ich hab ihn«, bölkt se güstern in't Telefon, »Oskar heißt er, komm, wir gehen spazieren!«

»Neiiinnn«, segg ik, »Regina, dor musst du schöön alleen dör. Ik mag nich dorbi ween, wenn dien niegen Fründ dat eerste mol so richtich op'n Footpadd kackt, un du denn mit dien manikürten Fingernogels düssen handwarmen Hopen in den Gassibüddel befördern muss.«

Ofschoonst, ik mutt ganz ehrlich seggen, ehr Gesicht, dat harr ik dorbi jo to geern sehn, over op dat »Iiiiihhhh, ich kann das nicht, mach du das mal«, dor kann'k goot op verzichten.

Fruunsauna

Wenn du di mit dien Fründin mol wedder so richtich utquatschen wullt, denn droop di doch eenfach mol mit ehr in de Sauna ... mh?
Dat mookt se nu veel, de Fruuns.
Nix mehr mit entspannen, Seele bummeln loten, nix sehn un nix höörn, ode eenfach mol de Klapp holen. Nein!
Dat weer mol! Dat is nu vörbi!
In mien Sauna, woneem ik jümmer hengoh, dor hebbt se nu sogor extra 'n Sabbel-Sauna rin buut, in de du eenfach wieder quatschen kannst, ohn dat di dorbi schwindelich warrt. Bio-Sauna nöömt se dat. In so'n Bio-Sauna, dor loot se nu so'n beten farbiget Licht hen-un herhüppen, as in de Disco, un de Temperatur, de geiht dor ni nich över 50–60° C.
Bi 90° C, in so'n finnische Sauna, wenn du dor dörsabbeln deist, ohn Luft to holen, du, dor kannst al mol gau een an'ne Klatsche kriegen.
Over 50–60° C, dor bruukst du di nich mol mehr koolt afduschen dorno. Wiel, woneem nix richtich hitt warrt, dor bruukst jo ok nix wedder koolt

to moken. Mi wunnert blots, dat se nich noch dat Danzen anfangt, bi dat Licht! »Gaaanz angenehm«, höör ik de Fruuns nevenan seggen, denn isoleert hebbt se de Wand twüschen de Finnische un de Sabbel-Sauna nich. Dropen doot wi uns denn all tohoop in'n ›Ruheraum‹, un dorvun gifft dat man leider blots een.

›Ruheraum‹ heet jo eegentlich, rin komen, sik hen packen, un eenfach mol den Boort holen. De Fruuns hier in mien Sauna dinkt over, dat heet ›Ruheraum‹, wiel se hier opletzt mol allens in Roh vertellen köönt, wat jem so op de Lebber rümliggt.

Wat för mi heten deit, dat ik nu nich blots in'n Tuch un in'ne U-Bohn, sünnern nu ok in de Sauna mit Ohropax rümsitten do!

Also, wenn ji jo mol wedder mit jo Fründin so richtig utquatschen wüllt – rin in miene ›Frauensauna‹, ode in't Kino.

Kino geiht ok goot, dat is villicht sogor noch schööner, dor kannst du nich blots quatschen, sünnern di ok noch 'n Beer un örnich wat to Knabbern mit rinnehm. Musst blots kieken, dat du dor nich so'n luden Action-Film foot kriggst, dor kummst jo nich gegenan.

Angst

Ik kann nix dorför, over bilütten warr ik doch 'n beten wat sensibel! Eegentlich weer dat fröher blots de Angst vör't Flegen.
Nu is dat over ok al bi't Tuchföhrn un ok bi't Autoföhrn ganz schlimm. Ik glööv, ik heff dor al richtich een an'ne Klatsche!
De schlimmste Momang is, wenn mi de Fruu an den Schalter froogt, woneem ik denn sitten mag? Ahhhhh ...
Un denn warr ik jümmer ganz wunnerlich!
Bi't Inchecken in'n Fleger is dat an'n Schlimmsten. Woneem nu sitten? Lever ganz vörn ode lever ganz achtern?
Wenn so'n Fleger nu mol dörbrickt! Eenfach so inne Midd dörbrickt, seggt wi mol: Materialermüdung! Denn is jüst inne Midd sitten nämlich blööd! Denn doch lever ganz vörn, dor hest du den Piloten tominnst noch mit in dien Hälfte vun'n Fleger sitten, ok wenn he mit 'n halven Fleger nich mehr veel moken kann, over ganz achtern sitten is jo nu richtich blööd. Mit den achtersten Deel vun so'n Fleger fallst du nämlich denn trüch-

warts no de Eer to. Un trüchwarts, dor warrt mi nämlich jümmers so slecht.

Dat geiht mi in Tuch ok so! Dor mutt ik ok jümmers in Fohrtrichtung sitten dormit mi nich slecht warrt! Un in'n Tuch weet ik ok ni nich, stieg ik nu lever ganz achtern in, blots wenn uns denn en achtern ropföhrt? Denn is achtern sitten slecht! Stieg ik över nu vörn in, un wi föhrt bi en achterrop, denn is vörn sitten slecht. Un wenn de Tuch nu ümkippt, kippt de woll no rechts ode no links? Un fallt de ganzen Lüüd, de op de anner Siet sitten dot, denn all op mi rop?

Un wenn ik de Tuchfohrt denn överstohn heff un ik stoh vör't Taxi! Vörn rin ode achtern? Bi'n Auffahrunfall is vörn nämlich slecht! Föhrt uns en achtern rop is achtern slecht! Over wat is mit rechts vör links? Wenn uns nu en in de Siet rinknallt? An'n sekersten is doch vörn op de Handbrems sitten, dat mag ik den Taxifohrer över nich frogen.

Also achtern rin un denn in de Midd ... dat is goot, dor föhl ik mi denn so eenigermoten seker! Dor kann denn blots noch wat vun boven koom'! De achterste Deel vun so 'n Fleger villicht! Aaaa-ahhh ...

Frogen kost nix

Woso heet dat eegentlich jümmer ›Frogen kost nix‹? Dat stimmt doch nich. Wenn 'n nett frogen deit, un denn 'n dumme Antwoort kriggt, dennso kost mi dat 'n Barg Nerven. Un wiel ik för sowat keen Nerven mehr över heff, heff ik mi 'n niege Strategie överleggt! De hett ok 'n Tietlang ganz goot funkschioneert, bit ik dat woll 'n beten överdreven heff. Annerdoogs, as ik in Urlaub weer.
Een Week Sylt, op 'n lesten Drücker bucht, wiel mi dat in München to hitt weer.
Bi'n Inchecken in't Hotel harrn se mi al seggt, dat dat man blots bit Klock 10 Fröhstück gifft. Oh, segg ik, dat is over slecht, (un Achtung nu kummt mien niege Strategie) ik bün Diabetikerin, un ik dröff mien eersten ›Broteinheiten‹ eerst Klock 11 to mi nehmen. Of se dor bi mi nich 'n lüttje Utnohm moken kunnen (dacht heff ik: ... ik heff Urlaub, du blöde Zech, dor will ik doch nich Klock 8 al opstohn, dormit ik hier in jon Schuppen ok wat twüschen de Tään krieg).
»Aber natürlich, Frau Müller«, seggt se, »kein

Problem Frau Müller, das regeln wir, ist 11 Uhr frühstücken für Sie ok?«
»Ja«, segg ik mit 'n zittrige Stimm.
Dat Zimmer weer ganz o. k., blots de fiesen, olen, over vör allen Dingen, hässlichen Läufers, de dor rümlegen, de weern nich uttoholen. Ik goh also rünner un segg, dat ik 'n ›Hausstauballergie‹ heff, un of se nich villicht de Läufers ut mien Zimmer nehmen kunnen? Un wiel di nüms wat afschlogen deit, wenn du krank büst, seggt se: »Sofort Frau Müller – kein Problem Frau Müller«, un keen fief Minuten loter sünd de Dinger weg. Korte Tiet dorno kloppt dat an de Döör. Se wull blots frogen, of ik denn nich villicht lever 'n ›Nichtraucherzimmer‹ hebben wull ... un wo ik dor nu so mit mien Zigarett in de Hand vör ehr stünn, segg ik: »Och, dat weer woll wat beter ween, over nu harr ik jo allens al utpackt, un in Zigaretten, roop ik ehr noch achterno, weer jo ok keen ›Haustaub‹ binn, un keen Insulin ... un so ...
Se harr sik nämlich al ümdreiht un gung eenfach weg, sogor ohn ehr typischet ›Hotelfachfrauenlächeln‹. Ups! Mien Strategie wackelt, dink ik noch so, as ik nomeddoogs in't Cafe sitt un 'n örnich Stück Torte verputzen do. »Hallo, Frau Müller«, röppt dat achter mi, »schmeckt's denn?«
»Öh, ... mmmhhh, hallo, Frau Hotelfachfa..., ja, ganfff prima«, kunn ik jüst noch dör mien' dicken Klumpen Sahne rutquetschen, den ik in'n Mund

harr. Mien Kopp worr vör Pienlichkeit so hitt un root, dat de Sahne mi man so den Hals dol leep.

»FFFeifffeeee«, segg ik noch, nich ohn mi over wieder Gedanken dor över to moken, wo ik dat Morgen woll anstellen kunn, dat ik morgens keen helle, sünnern düstere Brötchen to'n Fröhstück krieg. Genau! Weißmehlallergie! Dat is goot ... dat segg ik!

As ik an'n neegsten Morgen Klock 11 vör mien lerrigen Fröhstücksdisch seet, sehg ik jüst noch den Hotelpagen mit twee Läufers ünnern Arm in de Richt vun mien Zimmer lopen.

Over de Zeitung harrn se mi henpackt. Grote Överschrift: Allergien und Grunderkrankungen nehmen in Deutschland drastisch zu!

De Seele bummeln loten!

Ik sitt an'ne Oostsee in'n Sand, dicht bi Laboe, de Klock is 5, un dat »warrt woll den lesten warmen Daag« hier in'n Noorden, höör ik dat ut so'n lüttje Sandkuhl rut, de direkt blangen mien lüttje Sandkuhl weer. Un denn stiggt ut düsse Sandkuhl blangenan een lüttjen, dicken, splitternokten Mann vun, na, wat mag de ween hebben, 70 Johr rut, strooft mi mit sienen »hier is aber FKK«-Blick eerstmol af, wiel ik nu mit Büx un Pullover in'ne Sandkuhl liggen do, un denn putschert he los, sien Hann harr he achtern op'n Puckel to liggen, un denn blifft he direktemang an't Woter stohn, un röögt sik vun do an nich mehr.
»Guck ma, Elli, wie schön der Fritz hier seine Seele baumeln lassen kann«, kummt dat vun blangenan ut de Kuhl.
»Och«, dink ik, »naja, Seele?« En kann bi Fritz jo nu eeniget sehn, wat dor an't Bummeln is, ik segg blots ›let him swing‹, over nu jüst sien Seele? Ik kiek mi Fritz nu over doch 'n beten wat genauer an, over bi'n besten Willen, wo süht se dat, dat sien Seele nu jüst bummel deit?

Un woneem sitt bi Fritz de Seele?
In'n Kopp? In'n Buuk? In'ne Fööt? Woneem süht se dat? Ik sehg nix! Over ik sehg bi sowat sowieso jümmer nix!
Ik sehg ok jümmer nix, wenn mi een seggt, »Du, ich hab jetzt meine Mitte gefunden…!« De Midde vun wat? Wo sitt de denn nu wedder? Un woto bruukt 'n de?
Un woso jüst de ›Mitte‹? Woso söökt se nich jehr … wat weet ik … jehr ›rechts aussen‹, ode sowat?
As Fritz wedder trüchputschert kummt, un ik em vun vörn sehg, bün ik mit sien Seele man jümmer noch nich wieder, sien Midde, de kann ik mi nu meist dinken, over as Fritz denn seggt, dat he hier an de Oostsee mol so richtich afschalten kann, dor mookt he mi ganz wunnerlich. Wo mookt he dat denn nu wedder? Sik afschalten? Un denn loot ik mi ganz sinnich no achtern fallen, geneet de lesten warmen Sünnstrohlen, un stell mi vör, wo Elli ehrn Wiesfinger in Fritz sien Buuknovel drückt un seggt: »So, Fritz, ich hab Dich mal eben kurz wieder eingeschaltet. Trude und ich haben Durst, hol ma was zu trinken.«

Frau Help

Dat gifft jo so Fruun, de stoht morgens op un seht goot ut. Dat sünd so de ›Morgenschönen‹. De haut sik 'n Hand vull Woter in't Gesicht, sett sik an Fröhstücksdisch un seht frischer ut as de Morgen an sik. Un denn gifft dat so Fruun, de seht morgens ut as ik! Ogen as 'n Muulworp, un de Hoor, de utseht, as harr sik de Muulworp ok noch de ganze Nacht dör de Eer buddelt.
Eerst meddogs kann'n bi mi sehn, dat ik doch Ogen heff un ovends, wenn ik an de ›Morgenschönen‹ meist ran koom, denn goh ik ok al wedder to Bett.
Over worüm vertell ik dat? Wiel sik de Muulworp annerdoogs, morgens Klock 9, ut sien Hotelzimmer utsparrt hett. Ik weer rut ut'n Bett, rin in den veel to groten Bodemantel un an de Fööt de Frotteepuschen in Grötte 45, un boven de Kopp de sehg ut as … as ik al seggt heff. Ik wull gau rünner in'n Keller, denn dor harr dat gläserne, schniedeliege Hotel 'n Schwimmbecken. Un wenn dor al mol sowat is, denn mütt'n dat ok utnutzen, dink ik so, as ik vör den Fohrstohl stoh un mark,

dat ik mien' Schlötel in't Zimmer vergeten harr. De Fohrstohl funkschioneer nämlich blots mit düssen Schlötel, un ohn Fohrstohl kummst du noch nich mol rünner in'n Keller. As ik jüst anfang to överleggen, wo ik an den Schlötel koom, ohn dat mi hier en süht, löppt de eerste groote Schwung frischraseerte, dynamische Geschäftsmänne an mi vörbi. Ik kunn nich no boven, ik kunn nich no ünnen, un in de Empfangshalle kunn ik mi so al gor nich sehn loten. Lever doot, as so no de Rezeptioon hin.

Un denn löppt ok al den neegste Schwung vun de Frischraseerten an mi vörbi. »Guten Morgen«, seggt 5 vun de 10 un lacht sik en. Nee, dink ik, lever doot, as hier noch den neegsten Pulk aftöven. In den Momang kümmt miene Rettung üm de Eck schoten. Ik loop ehr al in de Mööt un roop: »Help, please Help! ... Ich hab' mich ausgesperrt!« Un denn vertell ik ehr gau, wat mi passeert is, un se seggt, dat se mi den Schlötel vun de Rezeptioon hoolt ... un dat ik man lever hier töven schull, so as ik utsehg!

»Guten Morgen!«, seggt de neegste Pulk.

Schüttkoppen kummt se wedder üm de Eck schoten. »Tut mir leid«, seggt se, »aber wir haben Sie hier nicht gebucht!« – »Nee«, segg ik, »Sie wissen ja auch gar nicht wie ich heiß!« – »Doch!«, seggt se, »Frau Help ... oder nich? ... haben Sie doch gesagt!«

»Nice to meat you«

Ik sitt mol wedder ganz alleen in de Sauna, jichtenswo in'n Keller vun so'n Hotel merrn in Mainz. Ik mook jüst de Ogen dicht un stell mi vör, ik bün Tina Onassis, un de ganze Sauna-Kumplex mit dat Schwimmbad hööört mi ganz alleen. Un över mi is keen Hotel, över mi is mien bannig groote Villa, woneem mien Angestellten jüst dorbi sünd, 'n mediteranet Middageten för mi to moken, as de Döör vun de Sauna opgeiht un 'n dicken, roothoorigen Mann rinkummt.
Naja, dink ik, denn even nich! Un wiel he keen Wiendruven un ok keen Champagner dorbi harr, un he mi över ok rein äußerlich nich to'n Wiederdrömen anregen dä, weer mien Saunagang op'n Schlach to end, vör ik noch beleven müss, wo he sik den Schweet rechts un links vun de Arms schleit un sik dorno mit de Hann' över sien' verschweten Buuk wischt!
Wat 'n Glück, ik harr jo *mien* Schwimmbecken, dink ik, treck mien Bodeantoch an, versöök mi 'n beten as Tina Onassis to bewegen un schwubbel los. Dat duur man keen 5 Minuten un de dicke,

roothoorige Mann kummt un hüppt so sportlich in dat Becken, dat ik al mol kiek, woneem de Schlauch is to'n Woter nogeeten. Nu warrt mi dat over doch 'n beten unheemlich, so alleen hier mit em in'n Keller vun so'n Hotel, un as ik keen Schlauch sehn kunn, kiek ik mol, of ik nich jichtenswo 'n Överwachungskamera finnen kann.
Ik heff dat Bild al vör mi, wo he mi hier vun achtern in't Woter an't Würgen is, un de Fruu an de Rezeption sitt mit'n Rüch to'n Bildscherm un itt ehrn Joghurt.
Over nix, keen Schlauch, keen Kamera …
»So«, segg ik to mi sülvst, »wenn he di anschnakken deit, denn deist du so, as of du em nich verstohn kannst! Los Ina, schwimm ganz ruhich wieder, Du büst … 'n Ingländerin, dat is goot!«
Blots, anstatts mi antoschnacken, rummst he mi as so'n dicke Boje vun de Siet an, wiel dat Schwimmbecken nu mol nich so groot is, as dat vun Tina Onassis mol weer, un denn seggt he »Oh«, un ik segg »doesn't matter«, un he lacht un froogt »oh, you are from Ingland?« un ik segg »Ne, …öh …yes, doch, I mean yes, from Ingland.« – »Oh, that's funny«, seggt he, »I'm from Ingland too«, un denn stellt he sik op sien groote inglische Fööt un höllt mi sien grote inglische Hand hin un seggt, »Simon Walker, nice to meet you!«

Un Äkschoooon ...

Ik heff to'n eersten Mol bi'n Film mitmookt. Bi'n richtigen Kinofilm. ›Gastrolle‹ nöömt se dat. 10 Sätze un 'n poor Leeder schull ik seggen un singen. ›6 Drehtage‹ schull dat duurn. Un as ik den ›1. Drehtag‹ rüm harr, dor wüss ik ok worüm.
Ik müss den eersten Daag genau 1 Satz seggen, nämlich: »Was wollt ihr?« Se hebbt mi over al Klock 7 ut'n Hotel afhoolt.
Nu heff ik jümmer dacht, du stellst di hen, de Regisseur seggt luut »uuund ÄÄÄkschooon«, un ik segg »Was wollt ihr«, un denn seggt de Regisseur »uuund Dankö, das ist im Kasten!« Over vunwegen!
Toeerst gifft dat 'n ›Stellprobe‹, dor warrt di ganz genau seggt, woneem du stohn musst, un woveel Schritte du denn gohn musst. Un wiel du jo nich no ünnen kieken dröffst, wenn du »Was wollt ihr« seggst (ik schull den Satz jo nich to mien Fööt seggen), packt se di so Sandsäck vör de Fööt, un wenn du dor gegen kummst, weetst du ›Oh, hier mutt ik stohn blieven‹, wenn du dor nich vörher al över fullen büst!

Denn kleevt se di Filz ünner de Schöh, dormit een de Schritte nich höört. Denn koomt 3 Fruuns: De eerste pudert di dat Gesicht af, de tweete zubbelt di de Hoor trecht, un de drütte … un dat weer jümmer dat Schlimmste, de höllt di 'n Föhn ünner de Arms un föhnt di de Schweetplackens dröch.

De Klock weer 3, as de Aufnahmeleiter to'n eersten Mol reep: »Die Darstellerinnen bitte auf die Plätze!«

»Darstellerinnen auf die Plätze«, dat höört sik jümmer an as so'n Mischung ut Pornodarstellerin un Sportlerin auf die Plätze, ferdich, los … Denn kummt de Regisseur un vertellt di genau, wo dien Haltung ween mutt, wenn du den Satz »Was wollt ihr« seggst. In de Tiet, wo he di dat genau verkloort, warrt dat Licht inricht.

De Schienwerfer kummt dörch dat Finster, dormit dat so utsüht, as of buten de Sünn schient. Un vun rechts kummt de Nevelmaschien, üm düssen Hamilton-Effekt to kriegen. »Dunst«, röppt de Kameramann jümmerto, »ich brauch mehr Dunst!« Nu goh ik tohoop mit mien niege Haltung trüch op mien Platz un wi mookt 'n Ton-Probe! Över mi bummelt nu dat Mikrophon, dat se hier an ›Set‹ over jümmer blots ›Gurke‹ nöömt. Eerstan heff ik dacht, se meent mi dormit, over as de Kameramann reep: »Die Gurke muss höher, die is im Bild, und Dunst, ich brauch mehr Dunst!«, dor wuss ik, dat ik nich meent weer.

143

»Was wollt ihr, was wollt ihr«, goh ik mien Text noch mol dörch.
»Die Gurke kann nich höher, sons hörn wa hier nix mehr«, röppt de Tonmann. »Und Filz, klebt ihr mehr Filz drunter, die stampft ja wie 'n Pferd.«
Oh, dor weer ik over nu woll doch mit meent. Pferd! Utverschoomt!
Twüschendörch kummt jümmer wedder de Regisseur bi mi vörbi un froogt, of ik mien Haltung noch harr, ode of he de mit mi noch mol dörchgohn schull, un vör ik antworten kunn, röppt he »Marianne, hier, Schweiß ... los, fönen!«
»Achtung, Ruhe am Set, wir drehn ...« Na, endlich, dink ik, un bün nu sogor 'n beten nervös.
»Kamera ab«, seggt de Regie – »Kamera läuft«, seggt de Kamermann. »Ton ab«, seggt de Regie – »Ton läuft«, seggt de Tonmann. »Was wollt ihr!«, segg ik ... »Stooooooop ...«, röppt de Regie, »Ina«, seggt he, »bitte auf mein ›uuuund bitte‹ warten, und die Klappe war auch noch nicht da, verdammt!«
»Ach so«, segg ik, un hööp, dat he mien Schweetplackens nich süht.
»Alles auf Anfang«, seggt he, »Kamera ab.« – »Kamera läuft«, seggt de Kameramann ...
Naja, dink ik, Jungs, wenn mi de Film ok sünst nich veel bringt, over mien ›Haltung‹ dorto, de heff ik funnen.

Nicole

»Guten Tag, meine Damen und Herren! Mein Name ist Nicole Heitmann und ich bin heute Ihre Kapitänin auf dem Flug von Bonn nach München!« Hhhhhhhhhhhhhhh ... ohhhhhh ... – nein, dink ik, un ik mark al, wo nich blots ik, sünnern ok all de annern üm mi rüm deip Luft hoolt un eerstmol sinnich dool schluckt! Dat harrn se uns doch vörher seggen müsst, dinkt wi all in'n kollektiv, ohn dat dat een vun uns luut seggen dä! Nicole flüggt uns nu also no Huus! Nicole! Minsch harr de nich weenigsten Marianne ode Gisela ode Herta heeten kunnt! Dennso harrn wi al mol wüsst, dat de al wat öller is. Un dat de al foken mol flogen is, un dat de Erfohrung hett un överhaupt, dat de weet, wo de Homer hangt! Over Nicole! Keen Nicole heet, de is doch hööchstens – wat weet ik – Anfang 30!

Ik wull mi jüst de Stewardeß griepen un ehr frogen, wo old Nicole woll is, un wat se woll för'n Typ is? Of de blond is un of de sik de Fingernogels anmohlt ... un denn fang ik over noch jüst rechtiedich an mi to schomen!

Ina! Du büst nu sülvst 'n Fruu! Wo kannst Du blots sowat dinken? Un denn krieg ik eerstmol vun mi sülvst örnich een op'n Deckel! Hhhhhhhhhhhhhhh ... Süh, de Fleger wackelt over doch mehr as sünst! Also ohn nu ›frauenfeindlich‹ to sien, over dat wackelt würklich mehr as sünst! Ode villicht wackelt dat sünst jüst so, over denn heff ik vörher ok de ruhige un sonore Stimm vun ›Kapitän Hans Baumann‹ höört! Hans! Dat is 'n soliden Noom! Un keen 'n soliden Noom hett, de flüggt ok solide! Hans vertellt uns jümmer 'n beten wat över dat Weder, will uns dormit över eegentlich seggen: »Ladies, hört zu, egal was heut passiert, ich hab den Vogel hier unter Kontrolle, und wenn was ist, Hans rettet Euch!«
Un nu sitt dor vörn so 'ne Nicole rüm! Un wat is, wenn mit Nicole mol de Hormone dör goht? Wenn de nu mol premenstruell is? Ik meen, dat kennt wi Fruun doch nu all vun uns sülvst! Denn fangt Nicole womööglich noch an un putzt de Finsters in't Cockpit, anstatts sik op dat Flegen to kunzentreern!
Ik höör al ehre Dörchsage: »... So, hier spricht noch mal Ihre Kapitänin. Wir sind da! Steigen Sie bitte zügig aus, und nehmen Sie Ihren Müll mit ... ich wisch hier gleich noch durch!«

Mien Putzmann!

»Nimm dir doch 'ne Putzfrau«, hebbt se jümmer all seggt, wenn ik mol wedder an't Klogen weer, dat ik mien Huusarbeid nich schaffen do. Ik heff dat Geföhl, Putzfruuns sünd örnich in Mode koomen. Eegentlich hebbt se all eene, blots för mi weer dat bitherto noch ni 'n Thema. För mi weer Putzen jümmer so 'n Ort ›Autogenes Training‹.
Wenn ik mit 'n Stuffsuger, ode as mien Papa jümmer seggen dä, mit 'n Huulbessen dörch de Wohnung trecken kunn weer dat för mi de beste Ort Agressionen aftobuun.
Siet 'n poor Moond heff ik over keen Tiet mehr för ›Autogenes Training‹ un dat kannst' bi mi in'n Huus goot sehn.
Allns hett sik an den Dag ännert, as Sabine, de nu leider siet 1½ Johr arbeitslos is, mi vertellen dä, dat se nu ok eennich 'n Putzfruu funnen harr. Sabine geiht dat finanziell teemlich wat slecht, over ehre Putzfruu geiht dat finanziell noch wat slechter, seggt Sabine. Un blots dorüm harr se överhaupt eene. So dink ik, Sabine du fuulet Ding, nu will ik ok eene. In de Zeitung stunn 'n Anzeig: »Junger

Mann sucht Tätigkeit im Haushalt, 3 bis 5 Std. die Woche; Zuverlässigkeit und Erfahrung werden mitgebracht« un denn de Telefoonnummer. Toeerst wüss ik nich so recht, of de Anzeige nich villicht in de falsche Rubrik rinrutscht weer. Of de nich villicht beter in de Rubrik ›Gays in Deiner Umgebung warten auf Dich‹ höörn dä? 'N poor Stunnen loter seet he mi gegenöver. Mien Putzmann. Mien Uwe. Un vendoog much ik em nich mehr missen. He heegt un pleegt mien Butze. Un wenn ik dor bün un an'n Schrievdisch sitten do, denn pleegt he mi noch mit. He kookt, he bügelt un mannigmol höör ik em schimpen »Mensch, Frau Müller, was hasse da denn wieder gemacht« un denn fangt dat ok al an to pultern.

Wenn he ferdich is, denn mutt ik mit em dör de Wohnung gohn un allns ankieken, wat he putzt hett. Un denn stellt he sik vör mi hen un froogt: »Und, Schatz, wie war ich?«

Un eennich, eennich kann ik op düsse typische, ansünsten meist postsexuelle Männefroog mol ganz ehrlich antworten: »Großartig, Üv', du bist der Größte!«

De Dokter in'n Blaumann!

Mien Waschmaschien is krank! Jichtenswo is de inkontinent! Bi jeedeen Waschen verleert se Woter. Se mookt, as en so seggt, ünner sik. Mol weniger, mol wat mehr un wiel ik nu al siet 'n poor Weken jeedeenmol bi't Waschen dorvör sitten do un rutfinnen will, woneem woll dat Woter her kümmt, un ik mien Kneen düsse ›würdelose Haltung‹ nich länger andoon will, roop ik den ambulanten Plege- ode beter seggt Wartungsdeenst ode noch beter seggt Kundendeenst an. Schüllt de sik doch den Kneen ruineern.

An't Telefon wullen se al mol allns genau över mien Maschien weten: wo olt se woll is, wat se woll för'n Typ is, wat för Kinnerkrankheiten se al hatt hett un wo foken ik mit ehr bi de Vörsorge ween bün?

Ik mutt nu dorto seggen, dat ik mi vör bummelig 5 Johr den Porsche ünner de Waschmaschiens köfft heff. Wiel mien ole Middelklasse-Maschien dat dreemol schafft harr, mi de kumplette Bude ünner Woter to setten. ›Bei guter Pflege‹, hebbt se

domols seggt, ›können Sie mit der Maschine zusammen alt werden.‹ Dorför harr ik mi twors lever 'n Mann söcht, over, naja ...
As ik jüst versöök ruttofinnen, wo sik dat anföhlt mit so 'n Maschien to schmusen, pingelt dat an de Döör.
De Waschmaschien-Dokter is dor. He dricht twors keenen witten, over dorför 'n blitzsauberen blauen Kiddel, un fangt glieks an, de ganze Maschien uteenannertonehmen.
Dat duurt nich lang, dor höllt he mi so'n lüttjet Plastikding ünner de Nääs.
»Huuuuch«, segg ik, »dat süht jo ut as 'n Blinddarm.«
»Is aber 'n Einfüllkastenstutzen«, seggt he un kickt mi eernst an.
»Isses was Schlimmes?«, froog ik, »müssen wir sie einschläfern lassen?«
»Waschmaschinen lässt man nicht einschläfern«, seggt he, »die schmeißt man in'n Wald« ... »Ach so«, segg ik.
»Is 'n Routineeingriff«, seggt he, »das ha'm wir gleich.« Denn buut he 'n niegen Spöölkasten in, un de Maschien (ton Glück) wedder tosomen, un denn fummelt he noch 'n beten hier un dor rüm, un denn gifft he den kumpletten OP-Bericht in sien Computer in, druckt em ut, drückt mi den Zeddel in de Hand, un mi dröppt meist de Schlag! 381 Euro steiht dor! 381 Euro!

För dat Geld harr he over doch tominnst 'n OP-Schwester mitbringen kunnt, de mi den ›Schock-Sweet‹ vun de Stirn tuppt harr. Minsch, dat heff ik nich wusst, dat mien Waschmaschien privot versekert is!!!

Mien Schloopzimmerschrank-wandspegel un ik!

In't Märchen hett domols de Königin ehrn Spegel froogt, keen woll nu de Schöönste is in't ganze Land. Un de Spegel hett denn jümmer sowat seggt as: »Och, du natürlich, Königin!« Over man blots hier! Wiel »das Schneewittchen da hinter den sieben Bergen, bei den sieben Zwergen ...«, ji kennt dat all.
Nu bün ik keen Königin, un Schöönheit is jo so fürchterlich subjektiv, over as ik annerdoogs mol wedder stünn un mien Büx nich dicht kreeg, dor heff ik mien Spegel denn doch mol froogt: »Spieglein, Spieglein in de Schloopzimmerschrankwand, bün ik womööglich de eenzigst, de jümmer dicker warrt in uns Land?«
Un weet ji, wat mien Schrankwandspegel seggen dä? »Ach, Ina, du warrst woll jümmer 'n beten wat dicker, dat mutt ik ok seggen, over dat gifft Minschen, de sünd noch veel, veel dicker as Du!«
Ik sett mi still op mien Bett, nich ohn tovör mien Büx wedder open to moken, deep Luft to holen un mi to wunnern. »Alleen in Ameriko«, vertellt mien Spegel nu wieder, »warrt jeedeen Johr

300 000 Minschen vun ehr eegen Fett dootdrückt! Veele hebbt mit 30 al ›Altersdiabetis‹!«

»HHHhhhhhh«, mook ik, un, »Wo kummt dat denn?«, froog ik.

»Ja«, seggt mien Spegel, »wiel de Portionen vun dat ganze fiese un fettige Fast-Food-Eten jümmer grötter warrt. Fröher hett so'n Pommes bi Mac Dingens mol 200 Kalorien hatt, vendoog sünd dat 3 mol so veel. Ode kiek di doch uns Ies an. Fröher weer so'n Kugel so groot as 'n Tischtennisball, vendoog is de so groot as 'n Tennisball, un dat duurt nich mehr lang, dennso kannst du so'n Kugel nich mehr alleen dregen. Ode de Popkorn-Portionen, wenn du in't Kino geihst ...«

»Genau«, segg ik, »dat is mi ok opfullen, 'n groten Ammer vull Popkorn freten, over denn 'n Cola-Light dorto ...«

Mien Spegel lacht un seggt: »De Kinosessels sünd in de lesten 20 Johr jo ok nich ümsünst 12 cm breder worrn. Un een vun de Fettsuchtforschers«, seggt he, »de hett nu sogor rutfunnen, dat in 50 Johr all de Amerikoners ›fettleibig‹ sünd.«

»Och«, segg ik, »dat is doch ok goot so, dennso warrt tominnst nüms mehr diskrimineert, un dennso is dat vörbi mit ›seh ich dicker geworden aus‹ un so.«

»Genau«, seggt mien Spegel, »un keen hett eegentlich seggt, dat platzen nich 'n schönen Doot ween kann!«

Meerschweinchen sünd ›out‹

Vendoog steiht 'n groten LKW vör de Döör un belevert de Zoohandlung, ode as ik jümmer segg, den Meerschweinchenloden, de ünnen bi mi in't Huus is, mit Aquarien.
'n Barg Aquarien sünd se an't rinschlepen, un ik bruuk man blots 1 un 1 tohooptellen, un dor heff ik in'n Momang jüst mol Tiet dorto, dennso weet ik ok, dat in düsse Aquarien nich de Meerschweinchen rinkoomt.
In't Kino löppt ›Nemo‹ un Wiehnachten steiht vör de Döör. Meist jeedeen Kind in Düütschland wünscht sik to Wiehnachten so'n orangen Fisch mit so witte Striepen, so'n echten ›Nemo‹ even. De Meerschweinchen, de stoht sik dor in den Loden woll nu de Fööt platt ... de will nüms hebben ... dat is bi ›Nemo‹ anners.
1. Hett so'n Fisch keen Fööt, un 2. warrt nu vör Wiehnachten 2/3 mehr Zierfische köfft un verschenkt as sünst. Se koomt mit dat Züchten gor nich achteran. Dat weer fröher eenfacher. Wenn fröher ›Bambi‹ in't Kino leep, dennso keemen de Kinner gor nich eerst op den Gedanken, sik so'n

Riesenviech to wünschen. ›Bambi‹ kunn 'n nu mol nich köpen. Ok dat is bi ›Nemo‹ anners. ›Nemo‹ is sogor so handlich, dat veele vun de Kinner ehrn Fisch eenfach in't Klo schmiet, wiel se wüllt, dat he wedder free is un trüch in't Meer schwimmt, so as in den Film.

Un wiel Kinner nu mol Kinner sünd, köönt se je ok nich weten, dat twüschen ehr Klo un dat groote, wiede Meer noch de düütsche Kanalisation liggt. Dor flutscht ›Nemo‹ nämlich nich eenfach so dör, as se dat in den Film wiest, sünnern he blifft dor tosomen mit all de annern Nemos un 'n örnichen Batzen vun bruukte Hygieneartikel in dat neegste Fanggitter hangen un krepiert dor elennich.

Over villicht is dat jo sogor ok de beste Lösung. So'n Aquarium lett sik nämlich nich eenfach in'n neegsten Sommer, op'n Weg in'n Urlaub, an de Autobohn utsetten. Dor harr de düütsche Vadder, de sien 9 johrige Dochder an de italiensche Adriaküst utsett hett, dat lichter. De Deern müss he nich mol fastbinnen, de is dor eenfach an de Bushaltesteed, woneem he ehr rutschmeten hett, so lang sitten bleven, bit de Polizei koomen is. So rein tofällich harr de Lüttje 'n Visitenkort vun Oma un Opa bi sik un so kunnen de beiden ehr afholen. Mama leeg in't Krankenhuus un Papa harr nu mol op 'n Stutz ümdisponeert un wull nu doch lever mit sien niege Fründin in'n Urlaub fohrn.

Dat duurt nich mehr lang, dennso höör ik den eersten seggen: »Du, und das ist unsere Tochter Melanie, die ist uns im letzten Sommerurlaub auf Mallorca zugelaufen, süß, ne?«

PS. Ik glööv jo ganz fast dor an, dat de Meerschweinchen sik över kort ode lang wedder dörsett. De sünd för't Klo nu mol to groot un för't Utsetten an de Autobohn jichtenswo to lütt.

De Bodeantoch

»Und, passt irgendwas?«, froogt mi de Verköpersche un ritt den Vörhang sowiet no de Siet, dat mi meist den ganzen Loden hier splitternokelt in de Ümkledekabin stohn seihn kann.

»Naja,«, segg ik, »irgendwas passt ja immer!«, un treck ehr den Vörhang wedder prass vör de Nääs to.

Mann! As of dat nich al schlimm noog is, hier jichtenswo merrn in so'n frömde Stadt, splitternokelt in so'n frömden Loden to stohn, heff ik hier nu ok noch so'n unsensible Verköper-Tussi an de Hacken.

Wi hebbt Sommer, un ik bruuk nu eennich mol 'n niegen Bodeantoch! Ik stoh hier vendoog jo nich dat eerste Mol! Ik heff dat in'n Februar al mol probeert, un denn noch mol in'n Mai. Jümmer ohn Erfolg!

Lest Johr hebbt se nämlich seggt, ik müss unbedingt nu in'n Februar komen, denn sünd noch all de niegen Modelle dor.

Blots, sik in Februar 'n Bodeantoch köpen, dat geiht eenfach nich! Denn steihst du dor, sühst ut as ›Weißfleisch op Strümpsocken‹, midden in'n Winter. Un dien Körper schall over so doon, as of he jüst ut Hawai kümmt. Kümmt he over nich! In'n Gegendeel, mien Körper hett sik över Winter jichtenswo verännert. Over dat wullt du eegentlich vendoog gor nich so genau weten. Du kummst dor over nich ümhen, denn de Kabinen för Bademoden, de sünd jümmer so richtich schöön hell! Dor kriggst du nich blots vun boven so 'n beten schmeichelich Licht, näääh, dor kummt dat Licht vun alle Sieden! Schöön midden rin in diene hässlichen Kneekehlen.

Un in'n Mai, dor weer dat ok nich anners, blots, dat dor man blots noch de Hälfte vun de niegen Modelle dor weer.

»Tja«, seggt de Badenmodenfachverkäuferin, »hätten Sie im Februar kommen müssen.«

Ik heff kort överleggt, of ik ehr den pinkfarvenen Stringtanga nich eenfach üm ehrn Hals leggen schull – un denn ganz sinnich dichttrecken! Nu is over Sommer, un dat eenzigst wat hier noch hangt sünd ›Övergrötten‹ un de Modelle vun de lesten 4, 5 Johr. Un so'n Modell heff ik sülvst in'n Huus. Ik loot denn mien 22 Bodeantöög inne Kabin hangen un goh al mol los. No Winterjacken kieken. Dor kriggst du in Juli nämlich noch all de niegen Modelle.

Händis

De Minsch is doch echt 'n Gewohnheitstier. Dat markt jeedeen vun uns jeedeen Dag. Un dat beste Bispill is doch woll dat Händi.

Toeerst weer dat noch exotisch wenn dor en mit so'n Ding op de Stroot telefoneern dä. Domols weern dat noch so riesige Briketts mit 'n lange Antenn dor an. Un denn worr dat op mol albern, un jeedeen de mit so'n Ding telefoneern dä, worr utlacht, minsch, wat hebbt wi uns opreegt. Twüschendör worr dat för de Männe sogor 'n Statussymbol: keen dat lüttste Händi harr, de harr den gröttsten ... also, dat wat fröher för'n Mann dat Auto weer, dat weer nu sien Händi. Un denn keem de Tiet, wo wi uns över de opreegt hebbt, de sik över de Händis jümmer noch opregen dään.

Over op jeedeen Fall is dat Händi doch de Bewies dorför, dat 'n al no 'n ganz korte Tiet nich mehr ohn wat leven kann, wat 'n kort vörher noch för afsluut överflüssich holen hett.

Wat hebbt wi fröher eegentlich mookt, wenn de Tuch mol wedder to loot weer? Wi sünd ruhich sitten bleven un hebbt dacht, minsch, dat is nu mol as dat is, moken kannst' dor doch nix an!

Blots siet dat nu de Händis gifft, is opmol allns ganz wichtich worrn. Nu warrt sogor telefoneert üm Bescheed to seggen, dat de Tuch pünktlich is. Ode güstern stunn 'n Fruu in'n Supermarkt un reep ehre Dochder an, üm to seggen, dat de Joghurt, den se ehr mitbringen schull, nich dor is. Ik funn dat meist schood, dat ik nich höörn kunn, wat de Dochder woll seggt hett: »Macht nix, Mama« – ode »Öööhh, toll! Näh, dann will ich gar keinen!« Un wiel ik bi Mama keeneen Joghurt in den Inkoopswogen sehn kunn, weer de Antwoort woll kloor!

Teemlich to glieke Tiet koomt wi beiden an de Kass an. De Schlang an de Kass weer so middellang over achter mi höör ik de Fruu wedder telefoneern: »Du, Sandra – es dauert 'n Moment länger, hier is 'ne Riesenschlange! ... sagst Du Papi bitte Bescheid ...«

Ik harr ehr Nummer jo nich, üm bescheed to seggen, dat ik ehr geern vörloten do – vör se mi ehrn Inkoopswogen noch deper in de Hacken rammt.

Kröten op Motorrad

Ik sitt in mien ›Lieblings-Café‹. Mien Lieblings-Café is dorüm mien Lieblings-Café, wiel en dor jümmers 'n Platz kriggt. Woso en dor jümmers 'n Platz kriggt? Wiel jüst gegenöver 'n Motorradloden is! Dat heet, so alle 3 bit 5 Minuten kümmt dor so'n Motorrad andüüst. Dat heet over ok: so alle 3 bit 5 Minuten is dat in mien Café so luut, dat ik ophöörn mutt mit Lesen un Schnacken. Un dat ik dor henkieken do. Un dat ik denn eerst wedder wiederlesen ode schnacken kann, wenn dat wedder wat sinniger is!
Un dor is dat Problem. De Motorrradfohrers dinkt nämlich, ik kiek dor hen, wiel ik em un sien Motorrad so toll finnen do. He dinkt, dat ik dink: Ey, wat för'n geile Maschien! Minsch, sowat harr ik ok geern! Den Mann mutt ik kennenleern.
Ik dink over: Ik bring em um! Em un all de annern, de dor glieks noch koomt! Un denn dink ik noch, dat Motorradfohrers mi in ehre dicken, wulstigen, schwarten Ledder-Kombis jichtenswo an Tiern erinnert. Ik wuss blots nich so recht, an welke: Düsse dicke, wulstige Ledder-Huut, un

denn wo de so op ehre Motorrööd sitten dot, mit ehrn krummen Puckel un de koomisch knickten Been.

Op koomen bün ik dor eerst annerdoogs, as ik 2 Motorradfohrers op een Motorrad sitten sehn heff. De seht nämlich ut, as so Kröten in de Poorungstiet. As 2 Pucken, de sik an't pooren sünd. Un dat schlimme is, se seht jo nich blots so ut, se verhoolt sik jo ok noch so. De Pucken koomt ok eerst ruut, wenn de Winter vörbi is. Un Poorungstiet ok dorüm, wiel de Sozius achternop ok jümmer wat lüttjer is as de Vördermann. As bi de Pucken. Dor klammert sik de lüttje vun achtern ok ganz fast an den Groten vörn. Un en hett den Indruck, de lüttje achtern lett den groten vörn ok nich ehrder wedder los, bit de Poorungsakt sien End funnen hett. Un eerst wenn *dat* denn so wiet is, denn stiegt se wedder af un drinkt in mien Lieblings-Café ehrn Koffie.

Wiel se genau weet, dat se dor jümmers 'n Platz kriegt.

Drinkgeld!

Mütt 'n eegentlich jümmer allens, wat so Traditschoon is, ok mit moken, blots wiel dat Traditschoon is? Ode kann 'n nich ok eenfach mol seggen, schluss, ut, vörbi! Ik will dat nich mehr. Ode ik will dat blots noch, wenn mi dor ok würklich no is, un nich, wiel 'n dat nu mol so deit! Mi geiht dat üm dat leidige Drinkgeld.
Egool, of wi tofreden sünd, ode nich! Ik geef eegentlich jümmer wat.
Un woso kriggt de een wat, un de anner nich?
Woso schall ik jüst den Friseur, bi den ik so al 46 Euro för waschen un schnieden betohlen do, woso mutt ik den nu noch 3 Euro Drinkgeld geven? Dat kummt doch eegentlich noch ut de Tiet, as Friseure noch för'n Appeln un'n Ei arbeiden mussen. Over vendoog heet se Hairstylisten un loot sik dat ok mehr as goot betohlen.
Wat is mit de Fruu an de Supermarktkass, woso rund wi dor nich op? Woso seggt wi dor nich »Danke, stimmt so!«
Ode de Pilot, de annerdoogs bi Storm in Hamborg 'n 1a Landung henleggt hett! Woso geiht dor

nüms mit 'n Hoot rüm un sammelt för so 'n Leistung? Un so'n Pilot, de kennt tominnst den Weg. Wat 'n vun so 'n Taxifohrer nich jümmer seggen kann. Un de Taxifohrer, de kriggt sien Drinkgeld, over garanteert. Wiel wi Angst hebbt, wi stiegt ansünsten mit 'n Mess in'n Puckel wedder rut ut sien Taxi.

Jüstso is dat, wenn ik eten goh! Ik geev jümmer wat, ok wenn mi dat gor nich schmeckt hett. Ode wenn dat sowieso al veel to düür weer. »Und, hat's geschmeckt?«, floskelt de Kellner jeedeenmol, un ik segg jümmer »Ja, Danke ... machen Sie 30 bitte!« He freit sik, un mi liggt dat slechte Eten noch schworer in'n Mogen.

Un woso schmiet wi nich eenfach mol 'n handvull Lüttgeld in'n Orchestergroven rin, wenn uns dat klassische Konzert so goot gefullen hett? Ode mol 'n handvull op'e Bühne rop, wenn dor een so richtich toll sungen hett?

Woso schall ik, wenn ik 3,40 Euro för 1 Koffie betool noch Drinkgeld geven?

Ik finn, wi mööt dat ännern! Entweder kriggt se nu all wat, ode nüms! Düsse ganze ›Drinkgeldgeberei‹ kummt doch noch ut de Tiet, as de Kunde noch Köönig weer. Over de Monarchie, de hebbt wi hier in Düütschland jo al lang afschafft.

Smoker or NO-Smoker

Schood, schood, schood, wo süht dat blots ut! Mien schöne rode Zigarettenschachtel, mit düssen schönen franzööschen Noom dor op, düsse Esthetik, nu ruineert, dör düsse Geschmacklosichkeit. Schwatt-witte Todesdrohungen op jeedeen Schachtel. As of dat nich reckt harr, dor so wat as ›Rauchen macht Vorhänge gelb‹ roptoschrieven, over nee ... Ik warr utschimpt un diskrimineert, ik föhl mi dor dör sogor bedroht, un betohl dor ok noch för.

Sado-Masochismus nöömt 'n dat, glööv ik! Bald treck ik mi 'n Latex-Antoch an, un nehm 'n Pietsch mit, wenn ik Zigaretten holen goh! Un woso nu al wedder blots op de, de schmöken dot, mh?

Woso mookt se düsse ganze Warn-Aktion nich ok för de Suupsäck ünner uns, mh? De köst de Krankenkassen tominnst jüst so veel, as de, de schmöken dot. So'n örnichen Kööm is villicht goot, üm de dichtqualmten Aterien wedder frie to spölen, over Alkoholismus fritt di nu mol de Lebber weg.

Un apropo Freten, woso denn nich so'n Warn-Aktion ok glieks för de Freetsäck ünner uns, mh? Slechtet, fettet Eten is doch för de Organe noch schlimmer, as supen ode schmöken. Woso? Wiel een, de fett is, ehrder den Lepel afgifft, as een de schmöken deit, un dat heff ik mi nich utdacht, dat hebbt se rutfunnen! In Düütschland köst uns dat falsche Eten un de fetten Minschen jeedeen Johr 70 Milliarden Euro! Dat mutt mol seggt warrn.

Un wo wi al bi de Freetsäck un bi den Suupsäck sünd! Wat is eegentlich mit de Blöödsäck? Woso gifft dat keen Warn-Hinweise op düsse ganzen Biographien, de dor nu överall rümliegt, »Achtung, das Lesen dieser Biographie kann zum absoluten Absturz Ihres IQ's führen.« Kiek mol, un Tabak reegt jo tominnst noch dat Gehirn an!

In Kanda sünd se nu sogor sowiet gohn, dat se richtige Biller vun kaputte Lungen, un schwatte Raucherbeen op de Zigaretteschachteln druckt hebbt. Wenn dat sowiet is, dennso verlang ik, dat op jeedeen Beerbuddel ok 'n groote, rode Schnapsnääs afbild warrt, dat op jeedeen Tofel Schokolood de dickste Minsch vun Ameriko opdruckt warrt un dat op Bohlen sien Biographie … achso, dor is jo al 'n Bild vun Bohlen vörn op, dat is jo Afschreckung noog!

Dat niege Geld

An'n Anfang harrn wi eegentlich blots Angst! Angst dat dat niege Geld, also de Euro, nich in unse olen Portemonais passen deit. Dat Geld is to groot hebbt se seggt!
Denn hebbt se seggt, dat dat niege Geld sogor gefährlich is! Wiel de Prägung bi de Münzen vun den Euro, de is wat deeper as bi dat ole Geld! Un wiel dorüm mehr Dreck an den Münzen hangen blifft, also ok mehr Krankheitserreger, un wiel dat niege Geld jo nu dör ganz Europa geiht, hebbt se al de groote Grippewell vörutseggt!
Un denn keemen de eersten lustigen Momente mit dat niege Geld! Ik weer in Italien! Un för de Italieners, also för de Männe, för de is dat niege Geld 'n echte Katastrophe! So'n italienschen Macho, de hett keen Portemonai! De harr jümmer sien Lire Schiens los inne Büx sitten! Un wenn he sien Cappuchino ut harr, zack, keem 'n Schien op 'n Disch un chiao! Nu hett de arme Italiener over de ganze Büx vull mit Münzen un dat süht nich blots blööd ut, dat mookt ok dat Betohlen veel schworer! He sitt dor, de coole Italiener, un wöhlt in sien Hu-

pen Euromünzen un Centstücken rüm, un eegentlich bruukt de meisten vun jem woll 'n Brill. Over wat so 'n echten Italiener is, de sett doch keen Brill op! Höchstens 'n Sünnbrill. Un de hett he nich op'pe Nääs, sünnern op'n Kopp! Un nu gifft dat eegentlich blots noch Euro-Momente, de sünd echt to'n brüllen!

»Eine Portion Edelfischpfanne zum Mitnehmen 9 Euro 80« steiht buten an den Fischloden. Naja, koom, dink ik, los Ina, dat günnst du di mol! Un sehg vör mien binnere Oog so'ne Portion verscheden, frische Fischsorten op mi töven. »Mit Baguette oder mit Reis?«, froog de junge Mann. »Och«, segg ik, »mit Reis!« He deit twee lüttje Lepel Reis in'n Plastikbeker un seggt ... »sind dann 14,80!«

»Nä«, segg ik, »9 Euro 80!« un froog mi, woso he nich lever een Lepel Ries in twee Plastikbekers deit, Blödmann!

»Ja,« seggt he, »der Fisch, aber der Reis kostet 5 Euro extra!«

»Ja,« segg ik, »denn schull he man den Ries beholen! För dat Geld fohr ik sülvst no China un hool mi den Ries!!!«

»Top-Five-Gruppe«

Dat warrt nu over bilütten mol Tiet, dat se Feernsehers erfinn dot, de en ok mol antworten dot, wenn 'n jem wat froogt. So'n Feernseher, wat bild de sik eegentlich in? He kann mi doch nich länger den ganzen Dag wat vertellen, ohn dat ik de Mööglichkeit heff, mol notofrogen, wo he dat eegentlich meent?

Annerdoogs seggt mien Feernseher to mi, dat se nu jüst wedder de niege »Top-Five-Gruppe« veröffentlicht hebbt! He verkloort mi denn ok noch, dat de »Top-Five-Gruppe« de fief beliebtesten Männe vun ganz Düütschland sünd. Un een vun de fief is dor nu in Momang Franz Beckenbauer! Un – seggt mien Feernseher noch – dat heet, dat de mersten düütschen Männe geern Franz Beckenbauer ween muchen.

»Franz Beckenbauer?«, froog ik em, un krieg mol wedder keen Antwoort! Wenn se nu seggt harrn, se wulln geern de Mann ut de Bacardi-Werbung ween, ode Bratt Pitt ode sünst wat hochattraktivet, over Franz Beckenbauer? Wenn mien Feernseher schnacken kunn, denn harr he wohrschien-

lich seggt: »Ina, Footballers sünd nu mol even Idole. Un so Idole, un vör allen Dingen Footballidole, de verschleist nu mol 'n beten wat ehrder – koomt also wat ehrder in'ne Middlifekrises, un denn krallt se sik op ehre öllern Doog ganz fast in dat blootjunge Fleesch, un dat imponeert den düütschen Mann! So as Oliver Kahn ...«
»Och, koom«, wörr ik mien Feernseher denn ünnerbreken, »bi den liggt dat doch nich an't Öller. De is doch in sien Leven so foken den Ball achterno sprungen un denn jümmer wedder so hart op'n Rosen opdischt. Dor is doch wat in'n Kopp kaputt bi den.«
»Naja«, wörr mien Feernseher denn seggen, »over Lothar Matthäus t.B ....«
»Auuuuu, Lothar Matthäus«, wörr ik denn luut ropen, »Riesen-Idol, is dat nich de, de mol seggt hett ›Wir dürfen den Sand nich in den Kopf stekken‹? ... Dumm kickt gut, ode wat?«
Un denn wörr mien Feernseher de Ogen verdrehn un noch 'n ganz schwachet »... ode even Franz Beckenbauer« stöhnen, so schwach, dat ik em mit de Feernbedeenung eerstmol wat luder moken mutt.
Över'n Afspann wörr ik em noch luut to ropen: »Denn wunnert mi dat over, dat Reiner Calmund nich op'n 1. Platz steiht. De is nich blots 23 Johr öller as sien Fruu, de wiggt ok noch 90 Kilo mehr!«

Frau Jones

Dat gifft 'n Werbung, dor wüllt se uns wiesmoken, dat dree meist veerteihnjohrige, ünnergewichtige Deerns al alleen in 'n WG wohnen dröfft. Fröher hebbt se de Creme, för de se hier Werbung mookt, lüttje Babys op'n Moors schmeert, vendoog wüllt se nu, dat sik de sülven Babys vun domols dat in't Gesicht schmeert.

Een vun jem steiht morgens op un kummt in de Köök, woneem de beiden annern, ünnergewichtigen veerteihnjohrigen al sitt un 'n Koffie drinkt. »Wie siehst du denn aus?«, seggt de twee to de een, de woll 'n beten wat länger schlopen hett.

Worüm, dink ik, wo süht de denn ut. Geschminkt, gestylt un 'n beten wat hungrich. »Kumm, mook di man 'n örnich Boterbroot«, segg ik. Deit se over nich. Se geiht in't Bodezimmer, schmeert sik 'n beten wat vun de Babycreme in't Gesicht, geiht wedder in de Köök, un nu kriggt se 'n Koffie. O.K., nu bün ik ok nich de ›Zielgruppe‹ för so 'n Werbung, over Ralf is de ›Zielgruppe‹. Nich vun de Babycreme, over Ralf geiht jümmers noch in

Diskotheken un leert dor junge Deerns kennen un he is vertwiefelt.

Dat eerste, wat se di jümmers froogt, seggt he, is: »Und was machst Du beruflich und was verdient man da so?« Un dat belast Ralf. »Ralf«, segg ik, »nu do doch nich so blööd! Se wüllt dien Geld un du wullt ehrn Körper. Ik vertell di nu mol de Geschicht vun Fruu Jones: Fruu Jones ut Ingland hett sik nu versekern loten – gegen Hässlichkeit! Fruu Jones is 26, Huusfruu un Mudder, un kriggt vun ehre Versekerung 150 000 Euro, wenn se för ehrn Mann Richard in 10 Johr nich mehr attraktiv noog is. Richard seggt to sien Fruu jümmer wedder, woll mehr so ut Spooß, dat he ehr verloten deit wenn se olt un hässlich is.«

Nu froogt wi uns natüürlich al furts, wo will en dat in teihn Johr entscheden, of Fruu Jones nu woll hässlich is, ode nich? Jaaa... de Versekerung hett sik dor wat överleggt: se lett Fruu Jones in 10 Johr an 10 Buuarbeiders vörbilopen, un mookt den ›Hinterher-Pfeif-Test‹. Wenn dor nu mehr as de Hälfte vun de Buuarbeiders meenen dot, dat Fruu Jones dat nich mehr wert is, dat 'n ehr achteran fleiten deit, dennso kriggt se dat Geld.

So, dat bruukt se denn woll ok! För 'n goden Therapeuten.

Wellness!

Ik heff mi mol wat gönnt. Ik mook 'n Wellness-Wekenend, op 'n Wellness-Insel in een Wellness-Hotel. Ganz alleen. Blots för mi. Un denn lieg ik dor, merrn in ›Wellness-Bereich‹ un föhl mi verry well.

Toeerst fallt mi op, dat ik woll de eenzige bün, de alleen ›wellnissen‹ deit. Üm mi rüm ganz vele wat öllere Männe, un ganz vele wat jüngere Fruun, un to jeedeen öllere Mann höört een vun de wat jüngere Fruun to.

De Spegels hier sünd extra 'n beten wat aftöönt un loot di gaue 5 Kilo dünner un 10 Johr jünger utsehn as du büst. Schood, dink ik, dat de Spegels hier nich ok wedder 'n poor mehr Hoor op de Glatzköpp vun de olen Männe zaubern köönt.

De ›Altersunterschied‹ twüschen jem, de is hier so groot, dat de Fruuns al de Männe de Döör ophollen dot. Un woveel vun düsse Männe woll ehre Fruu in't Huus vertellt hebbt, dat se op ›Geschäftsreise‹ sünd. Ik kunn sowat nich. Ik harr as Mann in so'n Öller jümmer Angst, dat mi dor wat passeert! Dat is jo ok gefährlich. Dat de hier nu jüst noch mit ehre Ladies in de Sauna rinlopen dot. Wo unöverleggt. Wo gau kann so'n olen Mann in de Sauna mol 'n Hartinfarkt kriegen? Ode nachts in't Hotelbett? Wenn he sik villicht doch op sien olen Daag 'n beten toveel totruut hett? Mit so'n junge Fruu! Un denn mutt sien junge Geliebte de Fruu anropen un seggen, dat he in't Krankenhuus liggt, in Bad Sowieso, un denn flüggt de ganze Geschichte op.

Ik kunn dat nich! Ik wörr al ut luter Angst 'n Hartinfarkt kriegen. Överlegg dat doch blots mol?

Denn weet sien ganze Familie bescheed. Un denn liggt he dor in't Huus, kann sik nich rögen un mutt sik over vun sien Fruu gesund plegen loten. Na, schöönen Dank! Lot du di mol gesund plegen vun 'n Fruu, de du jüst belogen un bedrogen hest!

Un sülvst wenn he keen Hartinfarkt kriggt. He mutt doch so oppassen, dat he nich utversehns mol 'n Quittung in sien Antoch vergeten deit, den sien Fruu over no de Reinigung bringt.

Over villicht is dat ok de Grund, dat so vele Chefs sik glieks de Sekretärin ok as Geliebte nehmt. Bi de Sekretärin kann he jümmer seggen: de mutt mit, för't Diktat. Un ok kann so'n Sekretärin de ganzen Quittungen glieks mit in't Büro nehmen un gau afheften, vör sien Fruu de find, ode noch wat schlimmer, vör de in de Reinigung land, un he de nich mehr vun de Stüür afsetten kann.

Echte Prominente

Ik sitt mit Julia in Berlin in'n Restaurant, un wi wüllt unsen Urlaub beschnacken. In'n Winter harrn wi uns överleggt, dütt Johr wulln wi mol wat ganz besünneres moken. Wi wulln in't Kloster! Klostertouristik nöömt se dat! Dree Weken nich schmöken, keen Alkohol, gesund eten, morgens Klock 6 opstohn un dat schlimmste, dree Weken den Bort holen, un dat allerschlimmste, dree Weken nich lachen.
Wi harrn höört, dat'n 'n ganz niegen Minschen warrn schull, wenn'n dor heel wedder rut is. ... un vendoog wulln wi nu noch gau beschnacken, of wi överhaupt ganz niege Minschen warrn wulln. Of wi nich so, as wi sünd mit uns tofreden ween wulln. Noher kummst' dor ut so'n Kloster wedder rut un kennst di sülvst nich wedder!
Eerstmol bestellt wi uns dat fettichste Eten, wat hier op de Kort to finnen is, un 'n örnich Glas Wien dorto! Wenn 'n de ganzen Sünden so direktemang vör sik stohn hett, hebbt wi uns dacht, denn kann 'n sik ok veel beter vörstellen

wo dat is, wenn 'n dor mol 3 Weken op verzichten mutt.

Julia seggt, se harr nu vun een Kloster in Franken höört, dor gifft dat blots Wien to drinken. Morgens al! Blots Wien, den ganzen Dag!

»Och näääää«, segg ik, »dat is jo ekelich, morgens al Wien! 'n will doch morgens ok mol 'n Beer drinken.«

Over wi wullen uns de Entschedung, of nu Klosterfruu ode nich Klosterfruu ok nich so licht moken, un frogen de Bedeenung no de Ieskort! So 'n örnichen, dicken Iesbeker, villicht bröch de uns jo wat wieder. Veer verscheden Bekers geev dat op de Kort: Emmi Tröter, Bibo Hoppenfleth, Golda Meir un Tschaikowski.

Dat broch uns al mol so to 'n lachen, dat wi dormit in so 'n Kloster woll 'n grootet Problem an'ne Hacken harrn. Wo koomt de woll op den Nooms? Ik meen, Golda Meir de kinnt 'n jo vun fröher, as israelische Ministerpräsidentin, un Tschaikowski is ok kloor! Over keeneen, bitte, sünd nu Emmi Tröter un Bibo Hoppenfleth?

Uns leet dat keen Roh. Wi frogen de Bedeenung ... un de wuss dat ok nich. »Och«, segg ik, »ik kunn doch nu hier keeneen opeten, vun den ik noch nich mol weet, keen he nu eegentlich is!«

Dat funn' se logisch un geiht ehrn Chef frogen. »Und?« froogt wi, as se wedder trüch keem.

176

»Jaaa«, seggt se, also Emmi Tröter, dat is 'n Tante vun ehrn Chef. Un Bibo Hoppenfleth, dat weer fröher mol de Footballtrainer vun ehrn Chef, over keeneen nu düsse Golder Mayer un düsse Tschaikowski is, dat wüss se ok nich!

Wenn de Buur in Rente geiht!

As unse Öllern vör 10 Johr den Buurnhoff opgeven hebbt, weer dat för uns Kinner ganz schlimm. Wo wi dor doch Schuld an weern. Wiel nüms vun uns 5 Deerns Lust harr, Buur – ode beter seggt – Bäuerin to warrn. Nich eene vun uns 5 Deerns hett dat schafft, sik 'n örnichen Buurn an Land to trekken. So een, de wüss, wo de Homer hangt, un de den ganzen Hoff alleen schmeten harr. So'n Jürgen Pooch ünner de Jungbuurn. So een, de seggt harr: »Komm, Schatz, komm, komm, komm, ruh Du Dich man 'n bisschen aus, ich mach das hier schon alles alleine!« Un de sik denn – zack – sowat vun sportlich un männlich op sien groten, nogelniegen – natüürlich vun em mit in de Ehe brochten – ›Fendt-Trecker‹ schwungen harr, nich ohn mi vun'n Trecker ut noch mol to to ropen … »Ach ja, Kleines, bevor ich's vergesse, ich möchte heute abend nichts essen … und Morgen auch nicht … und Übermo…! Fang bloß nicht an zu kochen!«
Tja, as ik dat al seggt heff, so'n Buurn hett nüms vun uns 5 Deerns funnen! Un so harrn wi nu 'n ganz slechtet Geweten!

Wi sehgn unse Mama al mit Depressionen un Papa mit 'n Köömbuddel vörn Hals in'n Sessel sitten un Hans Meiser kieken, wenn se em vör luder Schnapps un Depressionen överhaupt noch kieken kunnen. Villicht wörrn se sogor sülvst in sien Sendung gohn, wenn dat Thema kummt: ›Hilfe, meine Kinder haben mir die Haare vom Kopf gefressen und nun lassen sie mich hängen!‹
Over vunwegen.
Papa, mien Papa, de fröher 'n Teeketel nich vun 'n Koffiemashien ünnerscheden kunn', de ni nich wat saubermoken müss, de ni nich wat op'n Disch un al gor nix wedder rünner vun Disch kriegen müss, de in sien Leven noch ni nich Betten mookt harr, ode mol 'n Waschmachien anstellt harr, wenn he den överhaupt wüss, dat wi 'n Waschmaschien harrn, un den sien eenzigst Ferdichkeit in de Köök weer, dat he sien Botterbroot sülvst schmeern kunn, wenn denn allns ferdich op'n Disch stunn, düsse Minsch, düsse Schrank vun Mann, mit Hannen as Rhabarberblööd, de steiht vendoog mit 'n Schört vör'n Latz an Herd un kokt Appelmoos in ... mookt gestoofte Bohnen, kookt Birnen in un mookt Flederbeersaft! Bi'n Arfenutpuhlen un Stickelbeernplücken dröffst du em noch nich mol stöörn.
Un Mama? Mama föhrt geern weg ... mol hier hen, mol dor hen un annerdoogs mol för'n Week

mit Tante Käthe un Onkel Klaus in Horz! Un wiel dat för Papa nix schrecklicheret gifft, as weg to föhrn, seggt he den jeedeenmol, kort bevör dat losgohn schall, to Mama: »Du, Erika, ik heff mi dat överleggt, loot du mi man in'n Huus!« Un wenn Mama denn seggt, un dat seggt se jeedeenmol: »Och, Niklaus, wenn du dat meenst, denn blief du man in'n Huus«, denn is dat för Papa dat gröttste Geschink, wat Mama em moken kann. Denn is he in sien Element. Denn binnt he sien Schört gor nich wedder af. Denn gütt he sogor Mamas Blomen! Un wenn sien Freid schier överhand nimmt – so as annerdoogs – denn gütt he sogor Mamas Plastikblomen.

Ach, mookt nix – Vati – de Dinger drööcht ok wedder! Solang du nich anfangst, dat Plastikgedööns ok noch ümtoplanten.

Fröher weer allns ... anners

Ik segg jümmer »Och, uns Dörp hett sik sooo verännert«, over dat stimmt eegentlich gor nich. Ik heff mi so verännert. Uns Dörp, dor sünd man jüst 'n poor Hüüs dorto koomen un 'n poor Hüüs wedder weg, over bi mi is nix dorto koomen un nix wedder weg, bi mi hett sik jichtenswo allns verdreiht.

Wenn dat fröher bi uns to Meddag Steekrövenmuus geef, dennso heff ik jümmer seggt »Ööhhh, ik heff keen Hunger«. Wenn ik vendoog mol wedder to Huus bün, un Mama froogt mi, wat ik woll geern mol eten mag, dennso segg ik »Och, mook doch mol wedder Steekrövenmuus«. Ode wenn ik mit ehr dör't Dörp loop un roop: »Och kiek mol dor«, un Mama seggt, »Wat?«, un ik segg, »Kööh, dor, op de Weid«, dennso kickt se mi jümmers ganz groot an.

Wenn wi fröher Beester ümdrieven mussen, dennso weer dat jümmer 'n ›wiederwilligen Dauerlauf‹ vun 45 Minuten. Wenn ik vendoog in Köhlen ankoom, dennso pack ik toerst mien Sporttüüch ut un loop freewillig eenmol üm't Holt, ohn Beester.

Un ik warr jümmer richtich melancholisch wenn ik dor so an dinken do, wo ik as lüttjet Baby stünnenlang achtern op de Weid in't Loopgitter stohn heff. Ik keek mol no rechts, dennso keek ik over ok mol no links, un wenn rechts un links nix losweer, dennso keek ik eenfach wedder liek ut.

Un eenmol an'n Daag keem Spannung op. Wenn Papa mit 'n Trecker den Föhlweg hoch fohrt keem, un ik wuss jo vörher ni nich, »oh, wat hangt dor woll vendoog achtern an'n Trecker an? De Määsdreiher, ode de Ploog ...«. Wenn ik em denn vun wieden al hören dä, dennso kunnst' mi in't Loopgitter al vör Freid op un dol springen sehn.

Un denn de Vörfreit, woneer kummt he woll mit sien' Trecker wedder den Föhlweg dolsuust? Ik weet sogor noch, dat ik mannigmol in de Nacht gor nich inschlopen kunn, wiel an den Dag nich de Trecker, sünnern de Meihdöscher den Föhlweg hoochknattern dä.

Ach Kinners, wat wörr ik mi frein, wenn Mama mi vendoog mol dat Handy un dat Laptop weg nehmen dä, un mi eenfach mol wedder vör 'n poor Stünnen boven op de Weid in't Loopgitter setten dä.

Mien Fööt un ik

Ik kiek op mien Fööt un bün richtich neidisch.
Höört sik blööd an, ne? Is over so, ik bün richtich neidisch op mien Fööt.
Venovend jeedenfalls.
Se hebbt dat nämlich jüst wedder schafft, vör'n Feernseher intoschlopen, wiel dat Feernsehprogramm mol wedder so langwielich weer.
Dat'n jem nich noch schnorken höört is allns!
Ik sülvst bün noch nich inschlopen, wiel ik mi över den ganzen Mist, de dor lopen deit mol wedder opregen do. Un wenn'n sik opregt, kann'n nich inschlopen.
Ik sitt also in mien Bett, kiek op mien Fööt, bün jümmer noch neidisch, kiek wedder op'n Bildscheerm, reeg mi noch mehr op un bün jeedeenmol wedder 'n beten mehr wook, as vörher.
Ik heff woll al an de 1000 Mol ümschallt, jümmer wedder ümschallt, un heff hofft, dat dor mol wat kummt, wo 'n vör hangen blieven kann ... ode 'n beten wat bequemer ... vör liggen blieven kann.
Wenn dat nu mol noch keen Feernbedeenung geev, ne, denn weer dat för mien Fööt over ok vörbi mit dat Inschlopen, dat will ik jem man mol seggen.
Denn harrn de over örnich wat to doon ..., Zappen ohn Feernbedeenung ... Kinners, dat geiht in de Been un höllt op de Fööt ...

Jo, ik höör jo al: »Denn schallt den Kasten doch ut, dumme Deern, ode lees mol 'n Book, ode goh doch in't Kino.«

Jo, ji hebbt jo recht, over wenn ik afschallten will, denn geiht dat blots bi Feernsehn.

Denn kann ik nich lesen. Wenn ik bi't Lesen afschallt, denn heff ik mi dor al bi foot kregen, wo ik dat schafft heff ölben Sieden mit de Ogen to lesen, ohn dat in mien Gehirn ok blots een Woort ankomen is. Kennt ji dat?

Un Kino …

'n tietlang bün ik mol mit annere in't Kino gohn, over Regina kickt Filme jümmer blots in de ›Originalfassung‹, also op inglisch … ode beter seggt ›Nuschel-Inglisch‹ … ik verstoh överhaupt nix un wenn ik ehr froog: »Was? … was hat er gesacht?«, denn ›psst‹ se mi jümmer blots an, un ik weet ok, worüm …

Wiel se jüst so weenich versteiht as ik, dat over nich togeven will. Un dat reegt mi denn ok al wedder op.

Un as ik denn mit Ralf in so'n normolet Kino goh, sitt ik dor un ›psst‹ all de annern üm mi rüm an, wiel dat so luut is un se all an't Freten sünd.

Un weet ji eegentlich, wat ik glööv, woso dat dat Kino överhaupt noch gifft? Wo wi doch all in't Huus ok schöön Video un DVD kieken köönt?

Wiel en in so'n Kino, wenn dat Licht utgeiht, so dull rümsauen kann, as 'n dat in't Huus doch ni nich dä.

»Mein Gott«, seggt Ralf, »wenn Dir das alles nicht passt, denn leg Dich ins Bett und guck Fernsehen!«
»Das geht nicht«, segg ik, »da schlafen mir immer die Füsse ein!«

»Der Feind in meinem Bett«

Dat gifft 'n Film mit Julia Roberts, de heet: »Der Feind in meinem Bett«. Dat is 'n Krimi, un de Feind, de dor bi ehr in't Bett liggt, dat weer ehr Mann, de eegentlich nett weer, over ehr trotzdem ümbringen wull!
So ... nu segg ik jo wat!
Wenn se domols al wüsst harrn, wat ik vendoog weet, denn harrn se den Film so wohrschienlich gor nich mehr dreiht!
De würkliche Feind, den nich blots Julia Roberts, sünnern wi all in unse Betten liggen hebbt, dat is nämlich de Milbe!
Wat segg ik, de Milbe! Jeedeen vun uns hett Millionen dorvun in sien Bett! Üm dat genau to seggen: annerthalf Millionen Hausstaubmilben hett jeedeen vun uns in'n Dörchschnitt in sien Bett binnen!
Also das Wort ›Single‹ mutt 'n doch nu ok mol niet överdinken, un dat de Singles jümmer seggt, dat dat schlimmste för jem is, dat se nachts alleen schlopen mööt ... tja, dat stimmt jo nu ok nich ganz! Mit annerthalf Millionen Milben tohoop in't Bett dor passt dat Wort ›alleen‹ woll nu ok nich ganz!
To'n Glück sünd düsse Viecher so lütt, dat 'n de ohn Mikroskop gor nich sehn kann.

Sünsten kunn ik dat nachts in't Bett gor nich utholen, wenn de dor all an't rümwöhlen weern un mi womööglich de Deek noch weg treckt!
Op Latainisch heet de Milbe jo: Dermatophagoides! Dat heet översett: Hautfresser! Un dor sünd wi ok al wedder merrn in den Krimi!
So'n Milbe, de kummt nich nachts an uns ran un fritt uns op, nee, dat weer jo to eenfach!
So'n Milbe kann töven! De luurt un luurt, as so'n Mörder mit sien Mess achter de Döör, bit uns de Huut vun ganz alleen affallt, un düsse Huut, de fritt se denn op.
»Is jo nich so gefährlich«, höör ik jo al seggen! Nee, dat Freten nich, over dat wat dor bi ehr denn achtern rut kummt, dorvun kriegt wi de Allergien, anaphyllaktische Schocks, Atemnot! Un dat kann ik mi ok goot vörstellen.
Wenn annerthalf Millionen Milben mi dat Bett vull kackt! Dat kann nich gesund ween!
Inglische Wissenschaftlers hebbt nu rutfunnen, op wat för 'n Oort en den Milbentohl in't Bett reduzeern kann ... du schallst eenfach dat Bett nich mehr moken, seggt se.
Denn verdröögt de Milben! Denn kummt dor örnich Luft ran!
Wenn du dat Bett nämlich jeedeen Morgen örnich schier trecken deist un mookst, seggt de Forschers, denn blifft de Feuchtigkeit nich blots in dien Bett sünnern ok in de Milben! Un Milben bruukt Feuchtigkeit!
Nu worr ik mien linken Arm un mien rechtet Been

dor op verwetten, dat düsse Forschers, de dat rutfunnen hebbt, dat dat Männe ween sünd!

Un dat dat nich mehr lang duurt, bit se ok noch rutfind, dat man vun't Staubsaugen ›blutige Ekzeme‹ kriegen deiht, un dat ›Müllrünnerbringen‹ impotent mookt! Wetten?

Allns genetisch

Wenn 'n so ganz an'n Anfang vun so'n niege Beziehung steiht, denn is 'n jo so herrlich bit boven hen mit Hormone vull pumpt.
Denn leevt 'n doch eegentlich blots vun Liebe, Luft un Hormone ...
Probeer dat mol ut, wenn du richtich dull verliebt büst, denn müss du nix eten, du geihst nich doot, dat hett de Natuur so inricht, un wenn du doch doot geihst, denn weerst du ok nich dull noog verliebt.
Woso kann'n sik over överhaupt so düchdich verlieben, wo se jümmer seggt, Männe un Fruuns passt eegentlich nich tohoop?
Un wenn ik nu jüst wedder in'ne Zeitung lees, dat de Mann all 20 Sekunnen an Sex dinken deit, denn will ik dat woll geern glöven, dat mit dat »nich tohoop passen«! Aver ik mutt mi würlich wunnern.
All 20 Sekunnen, Kinners, dat heet doch dree mol in de Minut, heet 180 mol in de Stünn schall de arme Mann an Sex dinken! Ik leeg mi eerstmol in de ›stabile Seitenlage‹ üm dat beter to verknusen un schick gau 'n Stoßgebet to'n Himmel, dat de leve Gott uns Fruuns dat nich andoon hett!
Ik dink jo oftins mol an dat sülve ... also an Schoh t.b., ode an Eten, over doch nich all 20 Sekunnen.

Un as ik dor noch so rüm lieg, mütt ik jichtens an unsen Physiklehrer vun domols dinken, also nu nich sexuell, in't Gegendeel, sünnern wiel de stünnenlang versöcht hett, uns dat ›Ohmsche Gesetz‹ to verkloren, dorbi over all 20 Sekunnen an Sex dinken müss, de arme Kerl.

Wat 'n Wunner, dat wi dat all nich kapeert hebbt, wenn he so unkunzentreert bi de Sook weer! He fung denn jümmer dat Bölken an, logisch, dat weer denn woll de ›Äussere Explosion för sien innere Krise‹.

Un he kunn dor jo noch nich mol wat för.

Sülvst wenn de Mann ok geern mol an wat anners dinken much ... he kunn dat nich!

Dat is nämlich allns genetisch bedingt.

Se hebbt sik nämlich de DNA-Kette vun so'n Mann nochmol richtich ankeken, un dor hebbt se dat bi rutfunnen ...

Un dat harr ik jem glieks seggen kunnt. Dor bruuk ik so'ne DNA-Kette nich för ut'n anner to puhlen, üm to glöven, dat in so'n Mann ganz annere Gene rümschwubbeln dot, as in uns Fruuns.

Kiek mol, dat ›Zum-Friseur-GEN‹, dat hett so'n Mann nich.

Un dat ›Einkaufen-GEN‹ ok nich. Dorför hett so'n Mann denn mehr vun dat ›Fremd-GEN‹ in sik ... dat eenzige Gen, seggt de Wissenschaftlers, wat Mann un Fruu beide hebbt, is dat ›auf'n Geist-GEN‹ ...

»Frann« ode »Mau« ode »Mansch« ode so!

En kunn jo eegentlich meenen, dat wenn 'n öller warrt, dat denn de ganzen Frogen, de 'n so in't Leven hett, ok mol 'n beten wat weeniger warrt!
Un dat 'n denn – ik segg mol – proportional jichtens mol mehr Antworten to Hand hett.
Denn mookt dat Öllerwarrn weenichsen een Sinn!
Over is dat nich veel mehr so, dat sik ut jeede niege Antwort, de du kriggst, wedder 1000 niege Frogen stellt?
Ik lees annerdoogs in de Zeitung, dat so'n Minsch, also egool of Fruu ode Mann, also dat wi all man blots 'n poor mehr Gene op unse ›DNA-Kette‹ rüm liggen hebbt, as so'n eenfachen Worm.
Dat kann doch nich angohn, dink ik!
Dor steiht also in de Zeitung, dat wi Minschen genetisch in de sülve Liga speelt, as so'n Worm! Wi Minschen sünd quasi de ›FC. St. Pauli‹ vun de Schöpfung.
Eerstmol heff ik lang an mi dolkeken, of 'n dat villicht sogor sehn kann, un denn bün ik no'n Spegel hen ... un denn heff ik mi wedder hensett un heff wieder leest ... un denn keem de Homer ... dor stünn doch wist un wohrhaftig, dat wi Minschen twors mehr Gene op de Keed hebbt, as 'n Worm,

over weeniger as 'n ›gewöhnliches Ackerunkraut‹.

Bitteeee?

Un dor worr ik nu over doch 'n beten wat wunnerlich.

Weeniger Gene as 'n Unkruut? Dat kann doch nich ...

Wenn ik dor so an dinken do, wo ik fröher bi't Runkelnhacken op't Feld stünn un een ›Ackerunkraut‹ no dat annere ut de Eer hacken dä, Kinners!

Wenn so'n Unkruut nu so toll un klook ween schall, also klöker un toller as ik mit mien poor blöde Gene, dennso mütt ik mi doch frogen: Woso hett sik so'n Unkruut domols, as ik mit de Hack op em dol bün, nich eenfach henschmeten un luut bölkt: »Aua, nein nich, do mi nix Ina, ik heff veel mehr Gene as du, ik bün veel toller un veel klöker as du, mook di nich unglücklich, loot mi an't Leven!«

Woso nich? Dat verstoh ik nich!

Woso löppt hier in de Stadt nich so'n Ackerunkrut mol över de Stroot un geiht Inköpen? So'n ›gewöhnliches Ackerunkraut‹ mit 'n Plastiktut in de Hannen.

Un woso sitt in'n Fleger nich mol so'n Unkruut blangen mi un seggt: »Ach, entschuldigung, würden Sie mir bitte kurz das Handelsblatt rüber reichen, ich wollt noch 'n bisschen lesen.«

Un wenn de Wissenschaftlers dat allns so genau weten dot, wo dat mit de Gene bi'n Worm un bi'n

Minschen un bi'n Unkruut is, woso find se denn nich eennich mol 'n Antwort op de wichtigste Froog, de uns Minschen beweegt: Männe un Fruuns passt eenfach nich tohoop ... over woso nich?

Woso fangt se denn nich eennich dormit an, to krüzen.

Also nu nich Mann un Worm, dat hebbt wi jo al, sünnern Fruu un Mann!

Dat wi dat leidige Thema weenichsens mol vun'n Disch hebbt. So as se dat mit dat Obst ok al mookt hebbt. Un dor hett dat doch wunnerbor funktschioneert ... schmeckt goot, süht lecker ut.

Un düsse Krüüzung nöömt se denn »Frann« ode »Mau« ode »Frensch« ... ode noch beter »Mansch«!

Dat is 'n goden Noom för so een Krüüzung.

Un dütt »Mansch«, dat liggt denn rülpsend op'n Sofa, zappt de ganze Tiet twüschen »Frau TV« un Football hen un her, zupft sik den Overlippenboort, mischt sik 'n Beer mit Sekt, söcht de ganze Tiet den Sportdeel in de Gala un wörr sik to geern kratzen, weet over nich mehr wo!

April – April

Weet ji, wat mit de gräsichste Moonot vun't Johr is?
De April! Un dat nich blots wiel he nich weet wat he will, nee!
Dat Schlimmste an'n April sünd de Regenscheerms! Egool, wo du henkickst, överall Scheerms. De Regenscheerm is doch woll dat lästichste un gefährlichste ›Utensil‹, wat de Minsch överhaupt erfunnen hett.
Nich blots, dat ik dat blöde Ding, jüst wenn ik dormit ut'n Huus lopen bün, ok al jichtenswo wedder liggen loten do, nee!
Sünnern wiel de meisten Minschen ehrn Scheerm veel mehr as Waffe gegen ehre Mitminschen nehmt, un weeniger as Waffe gegen den Regen.
Sünd ji mol op 'n Sünnovendmeddag los un dör de Footgängerzone lopen?
Wenn't jüst mol nich regen deit! Denn loopt se mit ehre spitzen Stockscheerms op mi dol, as weer dat 'n Lanze, un ik bün blots noch dorbi, rechtiedich, no de Siet weg to hüppen.
Ik bün dorvun al ganz ut de Puust un dörschweet, as achter mi ok noch een meent, he müss sien Scheerm mol örnich utschüddeln.
Un wenn't denn wedder anfangt to regen, denn geiht de Krieg eerst richtich los ... ›auf die Schirme fertig los!‹

Dat de Ogenkliniken an so'n Daag nich vullstännich överlopen sünd … dat se dor in de Footgängerzone nich al glieks so lüttje, mobile ›Erstehilfebeiausgepiekstenaugenstation‹ opbuut. Un Schuld hebbt …? Mol wedder de Männe!

Fröher weer dat jo so, de Fruu harr en Scheerm un de Mann worr natt … un schleep ehr de Inkööpstuten no Huus.

Dor weer dat noch so'n natüürlichet Gliekgewicht twüschen Minsch un Scheerm.

Nu, wo sik so'n David Beckham over eerstmol den Zopf niet binnt, bevör he Anloop nimmt, üm 'n elf Meter to scheten, hett de normole Mann ok keen Problem mehr dormit, sik 'n Scheerm över'n Kopp to holen, dormit he nich natt warrt … un lüttje ›Leichtgewicht‹-Kuffers op Röllen, de ik jümmer ›Mädchenkoffer‹ nöömen do, achter sik her to trecken, bevör he sik ovends denn in't Fitness-Center stellt, üm siene verkümmerten Schlabber-Arms op Vördermann to bringen.

Ik heff de Nääs vull, sett mi in'n neegsten Bus un jüst as ik mi noch gau schwören will, ni wedder bi Regen op'n Sünnovend Inköpen, kleevt ok al de klitschnatte Scheerm vun so'n Beckham-Verschnitt an mien Schienbeen, so dat mien Büx nu ok noch utsüht, as harr dor jüst 'n Hund gegen miegt!

Naja … Hauptsook, he is dröög bleven …

»Coffie to go«

Wat weer eegentlich so slecht an unsen goden, olen Koffie?
Dat weer doch eegentlich jümmer ganz schöön, so'n normolen Koffie to drinken. So een, de blubbernd dör de Koffiemaschien leep, un wenn de Maschien an't Enn so gurgeln un pussen dä, denn wüss en ok, sooo ... Koffie is kloor, 'n beten Melk rin, schmeckt goot un goot rüken dä dat ok noch. Ik dink an dat Leed ›Der Kaffee ist fertig, klingt das nicht unheimlich zärtlich‹.
Vendoog rüükt dor nix! Un zärtlich is de Prozess al gor nich. Wenn mien Fründ mi morgens den Koffie an't Bett bringt, denn is dat för mi keen Överraschung mehr. Denn höör ik em doch al 'n halve Stünn vörher in de Köök rümklötern, un pressen un opschüüm ... dor löppt denn al de Motor mit de Druckdüse ... un dreemol höör ik em luut ›Scheisse‹ ropen, wiel dat Woter mol wedder nich ut dat lüttje Lock rutlöppt, wo dat eegentlich rutlopen schall, sünnern sik dör all de annern Ritzen vun sien nieget Lieblingsspeeltüch quetschen deit.
Lever 'n örnichen Muckefuck in the Morning, as düssen nich funktschioneernden Hightechschiet.
Un wenn du rut ut'n Huus büst, denn warrt dat jo noch schlimme.
Amerika, ich hör dir trapsen ... bi all düsse Koffie-

lodens, wo du eegentlich för studeert hebben müss, un tominnst dree Fremdsproken bruukst, üm di dor 'n Koffie to bestellen. In den niegen Loden, de bi mi hier jüst open mookt hett, dor heet de Koffie nich mehr Koffie ... nein, dor heet he: ›Stardust con low-fat latte decafe medium size‹!
›Scheisse in Pappbechern‹ weer woll de betere Noom dorför.
Un wenn se en denn noch düssen Plastikdeckel dor rop haut, düssen Plastikdeckel mit Tittbuddelfunktschion ... dat du den Koffie dor rutsugen kannst, ohn di vull to klein.
Wo is eegentlich mien ›Verwöhnaroma‹ afbleven?
Wo is dat Kännchen ›vollendeter, veredelter Spitzenkaffee‹ henkomen?
As ik annerdoogs mol wedder vör düssen Loden stoh un mi dat niegeste ›Coffie to go‹-Angebot ankieken do, un jüst dink: »Ja, genau, ›Coffie to go‹, ›Koffie to'n weglopen‹«, dor blifft 'n Fruu blangen mi stohn, un leest ok un froogt mi denn: »Sagen Se mal, haben die denn nur Kaffee aus ›Togo‹ hier, oder haben die auch normalen Kaffee?«

Spargel

Leste Week weer ik mol wedder op'n Wekenmarkt un jichtenswat weer anners!
Ik wüss man noch nich genau wat, over ...
Ik stoh an mien Lieblingsgemüsestand un sä dat, wat ik de ganzen lesten Weken jümmer seggt heff:
»Guten Tag, ich hätt gern ein Pfund Spargel!«
Un denn seggt de Germüsemann: »Tut mit leid, die Spargelzeit is vorbei!«
»Yes«, bölk ik, »Ja, ja, jaaaa ...«, un weer dat ganz Gemüse nich twüschen mi un mien Gemüsemann ween, denn harr ik em woll noch een opdrückt ... eennich! Eennich kann ik mol wedder wat anneres eten!
Eennich mutt ik keen slechtet Geweten mehr hebben wenn ik mol eenfach 'n Cyrrywuss mit Pommes eten do!
»Gifft jo keen Spargel«, wörr ik mit'n vullen Mund to mi sülvst seggen un mit Freid wedder in mien Wuss rinbieten, un mi dorbi frogen, of en eennich mit'n vullen Mund mit sik sülven schnakken dröff, ode of sik dat ok nich gehöört!
Ik harr al Angst, dat dat dütt Johr gor keen Enn nimmt mit de Spargel-Tiet!
Mit den Spargel is dat jo so, as mit godet Weder! Bi godet Weder dink ik jümmer: »los, Ina, du musst rut no buten, bi so'n Weder!«

Un wenn dat Spargel gifft, denn dink ik jümmer: »los, Ina, du musst Spargel eten, solang dat noch Spargel gifft!«
Wovun kummt dat, dat wi hier in Düütschland so scharp sünd op Spargel?
Mol ganz ehrlich, Spargel schmeckt doch eegentlich no nix, mookt twors ok nich dick, over ok nich satt, un nu, wo de Spargel jümmer billiger warrt, hett man nich mol mehr dat Geföhl, dat man nu over ganz wat besünneres eten hett. Un denn jümmer dat Gedo, vunwegen, dat de Spargel ›unbedingt‹ ut Düütschland komen mutt, wiel de sünsten so dröög un so stockich is! As of dat överhaupt noch en vun uns schmecken kann.
Mi wunnert jo, dat se nich noch dorbi schrievt, of dat Polen ode Russen weern, de den ›wertvollen‹ Spargel stoken hebbt ...
Dor gifft dat bestimmt ok noch 'n poor Experten, de meent, dat se dat rutschmecken köönt!
Un wat ik mi jümmer froog: wo kriggt so'n, ik segg mol, ›unopfälliget Gemüse‹ dat eegentlich hen, dat mi dat meist jeedeenmol quer ut'n Latschen haut, wenn ik mol even Pipi mookt heff. Ik harr al jümmer Angst, dat se seggt, dat Spargel radioaktiv is, ode gifftig ... bit ik annerdoogs in de Zeitung lees, dat se in ›Uchter Moor‹ bi Hannover 'n Moorleiche funnen hebbt, de dor al siet 2000 Johr an't vergammeln is. Also, de liggt jüst dor, wo bovenöver de Spargel wasst ... nu wunner ik mi ok nich mehr, wenn ik op Klo goh ...
Moorleiche ... dat kummt hen!

Jenseits von Afrika

Wenn dat so üm de ›Städtediskussion‹ geiht, wat för een Stadt hett nu den gröttsten ›Freizeitwert‹ ... Berlin, Hamborg, München ... denn liggt München, wo ik siet meist söss Johr leven do, jümmer ganz vörn.

Wat'n Glück, segg ik jo, dennso weet ik weenichens, worüm ik hier 3,80 Euro för'n Koffie betohl, un woso mi dat Gemüse, wat ik hier op'n Viktualienmarkt köfft heff, ofschoonst dat ik dat schöön week kookt heff, jümmer nich so recht dör'n Hals dör will, wenn ik bi't Eten dor an dinken do, wat dat wedder köst hett.

Un ik froog mi jümmer wedder, wo Uschi Glas dat eegentlich finanziell trecht kregen hett, sik in München johrelang vun ›Flugananas‹ to ernährn, wo de hier 8,20 Euro dat Stück köst.

Mannigmol, wenn ik dat hier vör ›Freizeitwert‹ un ›Schöönheit‹ knapp noch utholen kann, denn riet ik eenfach mol dat Finster open un loot mi den Fön, vun den man hier so schöön Koppweh kriegen deit, üm de Ohrn weihn un de Abgase vun de gröttsten un düersten Autos, de dor ünner mien Finster langs jogen dot, treck ik mi ok nochmol örnich dör de Nääs.

Vendoog sünd dat de Abgase vun twee Gelände-

wogens, de dor ünnen al siet twintig Minuten stoht un 'n Parkplatz söökt. Dat kann duurn!
Wat is dat eegentlich för'n Schwachsinn, dink ik, as ik de beiden bi'n Töven tokieken do, mit so groote Geländewogens merrn in de Stadt, dor bruuk ik al keen Fön mehr, dor koomt mien Koppweh vun ganz alleen, wenn ik de sehg!
Ik verstoh dat nich!
Ok in München sünd de Kantsteens so niedrich, dat 'n dor goot ohn »4-Rad-Antrieb« rop kummt.
Un blots wiel hier af un an mol 'n Zebrastriepen op de Stroot is, mütt'n sik doch nich glieks föhlen as Daktari!
Hier in München, dor kloogt de Polizei nu sogor, dat se geern mehr ›Verkehrssünder‹ bi't to gau föhrn blitzen muchen, un dat dat over nich geiht, wiel se keen Parkplatz finnen dot, üm sik dor mit ehr Autos to'n Blitzen rin to stellen.
Un wo ik hier boven so stoh un de beiden Crocodil-Dundees dor ünnen dorbi tokieken do, wo se keen Parkplatz kriegt, is för mi kloor, dat mien neegstet Auto op jeden Fall 'n Panzer warrt!
Denn kannst' to't Parken glieks boven op de annern Autors ropföhrn, müsst nich lang söken und steihst noch nich mol in't Halteverbot!

Sommer in de Stadt

Ik weet jo nich, wo dat ›Tief‹, wat nu jüst över Düütschland wegtrecken deit, heet, of nu Wilfried ode Gerhard ode so, over wenn ik mi bi so'n ›Tief‹ persöönlich bedanken kunn, ik wörr dat doon.
Ik wörr Wilfried ode Gerhard sogor frogen, of he nich 'n beten hier bi uns in Düütschland blieven much, sik ruhich mol hensetten un sik 'n beten utrohn.
Kinners, nu mol ganz ehrlich, wenn mi een Deel kloor worrn is in de lesten Weken, denn doch, dat so'n hitten Sommer nich in de Stadt ringehöört!
Un al gor nich in'n norddüütsche Stadt.
Dat kann 'n doch al marken, wenn 'n mol even mitten inne Week bi so'n Warms een Statschion mit'n Bus föhrn deit. Dor kriggst doch al 'n Dolschlag ... fief Minuten twüschen düsse schwetigen, klebrigen, stinkigen Minschenmassen, un ik bün ferdich för de Nacht. Bi mi weer't annerdoogs al sowiet, dat ik mi de Ohrstöpsels in de Nääs steken heff! Ik kunn't nich mehr utholen.
Fiefundörtig Grod, dat schafft so'n norddüütschet, minschlichet, inneret Betriebssystem eenfach nich, un de nich minschlichen Betriebssysteme ok nich.
As ik annerdoogs in'n Tuch seet bi, na, geföhlte veeruntachentig Grod un den Schaffner frogen dä,

of he de Klimaanloog nich mol 'n beten wat höger dreihn kunn, dor seggt de doch to mi: »Bei solchen Temperaturen da draußen, da macht so'ne Klimaanlage nu ma schlapp! Das schafft die nicht!«
»Aha«, dink ik, »over för wat, wenn nich för ›solche Temperaturen‹ hett so'n Tuch denn so'n Klimaanloog?«
Un an't Wekenenn is dat jo noch schlimmer, dor will so'n Stadtminsch ok mol rut, an't Woter ... over hebbt ji al mol op'n Sünndag bi fiefundörtig Grod jichtenswo in't Ruhrgebiet an jichtenseen See legen?
Nee?
Ik over!!!
Wat, bitte schöön, is so toll dor an, sik an so'n schöönen Sünndag an so'n blöden See to packen? Ik lieg op de Eer in't Gras un hau de Miechlippen doot, de mi jümmers över jichtenswat röver loopt, un nich een eenzig ›Lüftchen‹ weiht mi üm de Ohren. Ik reeg mi de ganze Tiet op, över den Schiethuusgeruch, de dor vun den veel to düren Kiosk röver kümmt, ode över de annern Lüüd, de to luut sünd ode mit ehre Wulldeken to dicht an mien Wulldeek ran koomt.
Un as ik denn in't Woter goh, dor froog ik mi, Minsch, is de See nu woll so pisswarm vun'ne Sünn, ode ehrder vun'ne ... uuuuaaaahhhh ... un denn fangt mien Been ok al vun ganz alleen an in de Richt vun't Ufer to lopen ... un to'n eersten Mol an düssen hitten Dag löppt mi dat richtich schöön koolt den Puckel hendol!

Männefööt in Sommersandolen

Siet 'n poor Weken is dat so wiet. Ik loop jümmer mol wedder an mien Klederschapp vörbi un striekel ganz langsom, over leidenschaftlich un mit veel Vörfreid över mien Rollkrogenpullis.
Ik heff jem al ›winterfest‹ mookt, so as de Männe dat mit ehr Autos dot ... heff jem wuschen, schöön an de Luft dröögt un in möhsom Handarbeid de lütten Wullwürsten afzubbelt ...
Noch is dat buten to warm ... over mien Rollis un ik, wi köönt töven.
Noch kann ik mi de Tiet jo mit mien Freid doröver verdrieven, dat de Sommer nu oplest vörbi is. Wat nich an den Sommer liggt ... also ik mag den ›gemäßigten‹ Sommer in de Stadt!
Schöön buten sitten, wenn't nich to hitt is, in't Café ... dor geiht mi dat so lang goot, bit dor wedder de eerste Mann blangen mi to sitten kummt, de sien grooten, nokelten, hoorigen, oftins noch mit Hornhuut övertrockenen, witten Quanten in Sandolen steken hett, un de blangen mien Stohl bummeln lett, so dat ik dor jümmer ropkieken mutt un mi de Apptiet vergeiht.
Un dorüm frei mi, dat de Sommer vörbi is.
Dat ik dat nich mehr sehn mutt un dat de Männe wedder örniche Schöh anhebbt!

Jungs, Männefööt sünd nu mol meist ni nich schöön. Un dat mööt se ok jo nich!
De leve Gott hett wist nich an wat Schöönet dacht, as he jo de Fööt to'n Weglopen geven hett.
Goethe hett mol seggt: »Ein schöner Fuß ist eine große Gabe der Natur!«
Un wenn jo düsse ›Gabe der Natur‹ nu mol fehlt, mütt 'n denn so'n nokelten, grooten, käsigen Männequanten noch in so lüttje, opene Sommersandolen rinsteken?
Ik meen, ik heff nu ok 'n Mann in't Huus, un de hett ok Fööt, to'n Glück, segg ik jümmer. Over düsse Mann, den lieb ik ok, un denn gehöört sien Fööt nu mol mit dorto. Dat is as bi'n Football. Ik lieb Bayern-München … un dor höört Oliver Kahn nu mol mit dorto!
Over düsse frömden Männe, de sik mit ehre nokelten Fööt in so'n Café blangen mit setten dot, de lieb ik nich, un ehre frömden Fööt, de se dor ünnen an ehre witten, langen, behoorten Been hangen hebbt, de lieb ik al överhaupt nich.
Un ik segg jo wat: Dat heet jo jümmer, wi Fruuns, wi stoht op Handwerker- und Buuarbeider-Sex … un dat dot wi ok.
Over nich wiel düsse Jungs dor jümmer in den Sünn mit ehrn nokelten, dörtraineerten Overkörper an de Stroot rüm stoht, neeeee, sünnern wiel düsse Jungs noch richtich faste Sekerheitsschoh anhebbt, mit 'n örniche Stohlkapp dor vörn op.
Dor koomt de gor nich so gau rut, denn sünd wi al an jem vörbi.

Over wi Fruuns sünd dor ok sülven Schuld an.
Wiel wi so blööd weern un jümmer seggt hebbt, dat Schlimmste op de Welt sünd Männe mit Tennis-Socken in Sandolen.
So, un nu hebbt wi den Solot!
Nu koomt se ohn Socken!
So hebbt wi dat nich meent!
Jungs, loot de Socken ut, over treckt jo örniche faste Schöh an, so as de Italieners dat dot. De mookt dat richtich. De kööpt sik 'n Poor örniche ›Schweinsleder-Mokkasins‹, stiegt dor barfoot rin, un wenn de Sommer vörbi is, denn schmiet se de Dinger weg.
Goot, dat is nu nich jo Mentalität, dat weet ik, over denn treckt jo weenichsens wedder Socken an.
Un fangt nu nich ok noch so an as Ralf. De keem annerdoogs to'n Koffie-Drinken to loot over barfoot in Sandolen un seggt: »Och, entschuldigung, ich bin spät, aber ich musste mir noch die Füsse rasieren!!!«
Kinners, villicht köönt wi dor jo noch wat an doon.
Güstern heff ik hööt, dat ›Bauchfrei‹ in'n neegsten Sommer kumplett ›out‹ is! Siet de ›Girlies‹ vun't ganze Alkopops-Supen to fett worrn sünd för düsse lüttjen, korten H&M Spagetti-Tops, will dat nüms mehr so recht sehn.
Also seggt se in den ›Frauenzeitschriften‹ eenfach: dat is nu ›out‹ un denn is dat ok ›out‹.
Un so köönt wi Fruuns dat doch nu ok mit de Tennissocken moken!

Wi mööt blots nu, över Winter, jümmer wedder un överall seggen, dat wi nix sexiger finnen dot, as Männe mit Tennis-Socken in Sandolen.
Un to Wiehnachten un to'n Burtsdag kriggt he blots noch Tennis-Socken vun uns.
Un wenn dat funktschioneert, denn köönt wi uns ok wedder op'n neegsten Sommer frein!

Winterdepression

Ik bün jo nich jüst een Sommerminsch, over ik bün jo noch weeniger 'n Winterminsch.
In'n Sommer is mi dat jümmer to warm, un in'n Winter is mi dat jümmer to koolt un ik warr ok noch depressiv. Also nu nich so richtich, over ... jo ... ik nööm dat depressiv!
Un dat liggt nich dor an wiel dat so koolt is, nee, sünnern wiel dat nich richtich hell warrt. Ik krieg in'n Winter eenfach to weenich Licht.
Un dat is nich so, dat ik nich versöken do, wat dorgegen to doon!
Ik bring meist den ganzen Winter dormit to, jichtenswat to finnen, wat mi dor ut miene Depressionen wedder ruthoolt: De lesten Weken heff ik jeden Daag fief Minuten lang in 'n sösstig Watt Glühbirn rinkeken.
Dat schall hölpen, heff ik leest. Fief Minuten an'n Daag in hellet Licht rin kieken ...
Wiel ik over sösstig Watt Birnen blots in mien Wandleuchte binnen heff, de meist 1,80 Meter hoch hangt, krieg ik jeedeenmol 'n stieven Nacken, wenn ik dor op'n Stohl stohn do, un denn versöök, dor jichtenswo vun boven in den Lamp rin to glotzen.
Woso mookt wi Minschen eegentlich keen Winterschloop?

Dor harr de Evolution ok mol 'n beten wieder dinken kunnt!
So as de Tiere dat mookt, as so'n Bär, ode so!
Denn kunnst' du den Sommer över de Sünn geneten un di so richtich den Panz vull haun un Fett warrn un ok noch jümmer gode Luun hebben, wiel: wenn de November-Blues kummt, denn packst' du di, fettfreten, as du büst, schöön no'n Bett hen un mookst dien Ogen eerst in't Fröhjohr wedder op.
Keen Winterdepressionen, keen Schneematsch, keen Wiehnachten, keen Küll un keen Glühwien ...
Un dat Beste dor an: wenn du denn hooch kümmst, in't Fröhjohr, denn kannst' schlank un stromlinienförmich wedder los lopen, in den schöönsten Sommer rin, un di den Panz wedder vull haun, un di de Sünn dor op schienen loten, un gode Luun hebben ... so as de Tiere dat mookt ...
As wi dree, also mien stieven Nacken, mien Depressionen un ik güstern wedder tohoop in't Bett liegt, lees ik in de Zeitung, dat Schokolood-Eten in uns Minschen ok 'n Licht anzünden deit. Wiel Licht un Schokolood in unse Gehirn 'n ›Gute-Laune-Schalter‹ anknipsen deit.
Man, dat harrn se mi man ehrder seggen schullt.
Schokolood eten, dat kann ik, dor heff ik noch ni nich 'n stieven Nacken vun kregen.

Hamborg, mien ole Hanse!

Ik weer eennich mol wedder veer Weken an't Stück in Hamborg.
Eegentlich leev ik jo in München, over vör ik no München trocken bün, heff ik lang in Hamborg op St. Pauli leevt.
Nu heff ik mi villicht nich jüst de schöönste Tiet utsöcht, üm mol wedder in mien ole Hanse to ween.
De November is hier al wat för de ganz Harten. Eerstmol warrt dat den ganzen Dag överhaupt nich hell un ik heff toeerst jümmer dacht, ik stoh woll to loot op.
Ik heff dacht, dat weer woll al hell ween, un wenn ik opstoh, denn is dat al wedder düster. Ik heff denn over 'n Testreihe anfungen: Ik bün jeedeen Morgen 'n beten wat fröher opstohn, un?
Sülvst as ik morgens Klock söss opstohn dä, weer dat nich mehr hell.
Dat is 'n beten so, as wenn mien Fründ sik in de Sünn packt. Denn is de eerst witt, denn warrt he root un denn warrt he wedder witt.
So is dat in'n November in Hamborg ok!
Dor is dat eerst düster, denn warrt dat grau un denn warrt dat wedder düster.
Schall ik jo mol vun mien Theorie vertellen? Over dat blifft ünner uns!

Ik glööv jo, de Stadt Hamborg stickt sülvst dor achter. Un nich blots achter dat Weder!
De Nutten, de dor an Burger-King an Speelbudenplatz stoht, in ehre Ski-Anzüge, de warrt doch vun de Stadt betohlt. Vertellt mi doch nix!
Dormit dat för de Touristen wat to kieken gifft! Dormit so'n Tourist ok wat to vertellen hett, wenn he wedder no Huus kummt: »Du, und mir is da was passiert, da hat mich 'ne echte Nutte angesprochen ... ich wusste gar nicht ...«
Ik heff dor nu lang noog leevt un mi is dat al lang opfullen!
Dor stoht ok jümmer de glieken Fruuns un dor fehlt ok ni nich eene. Un wenn dat regent, denn hebbt de all den sülven Regenschirm mit de sülve Werbung dor op! Acht' dor man mol op!
Un ik segg jo noch wat: Wenn dat dor op'n Kiez mol wedder to ruhich warrt, jüst an so'n Sünnovendovend, denn kannst dat goot marken, denn hebbt de dor irgendwo een sitten, een vun de Tourismuszentrale vun de Stadt Hamborg ode so, un de gifft denn Anweisung över Funk:
»So, könnte da mal bitte ein Peterwagen durch die Hein-Hoyer fahrn, aber diesmal bitte mit Blaulicht und Martinshorn! Und die Feuerwehr bitte, die Feuerwehr bitte einmal die Davidstr. hoch! Und zack, zack, uns schlafen hier die Touris ein ...«
So, leve Tourismuszentrale Hamborg. ›Imagepflege‹ op de Reeperbohn, dor heff ik jo vullet

Verständnis vör, over dat mit dat Weder in Hamborg, wenn ji jo dor man nich sülven 'n Ei leggt!
Dor weer 'n beten weeniger ›Imagepflege‹ bilütten anbröcht!

Wiehnachtsglocken

De Scheidungsanwälte köönt nich mehr! Se koomt dor nich mehr gegen an!
Se harrn jo woll noch ni so veel to doon, as lest Johr twüschen Wiehnachten un Niejohr!
Jeede drütte Scheidungsandrag in Düütschland keem in't leste Johr direktemang no Wiehnachten!
De Rechtsanwälte, de wüssen nu eenfach nich mehr, wo jem de Kopp stünn, un se hebbt to'n eersten Mol 'n richtige ›Hotline‹ as ›Soforthilfe‹ inricht.
Dat de Ehepoore weenichstens jehr'n Scheidungsandrag al mol mündlich op'n Anrufbeantworter los warrn kunnen.
Un nu stellt sik doch de Froog: wo kann dat angohn? Woso so veel Krach glieks no Wiehnachten?
»Das Fest der Liebe« un denn so wat?
Wenn dat nu fröher so ween weer, dennso harr mi dat gor nich sooo wunnert.
Fröher, as de Fruu to Wiehnachten noch jeedeen Johr jichtens 'n blöde Kökenmaschien vun ehrn Mann ünnern Dannenboom liggen harr.
Un sülvst de drütte niege Mixer, de hett doch domols den Huussegen noch nich to'n scheef liggen brocht.

Over vendoog?
De Statistik seggt jo, dat ›niege Autos‹ un ›niege Busen‹ de Renner ünnern Wiehnachtsboom weern.
Un wat gifft dat dor nu an to motzen? Mh?
Ik meen, dor is doch würklich vör jeedeen wat dorbi!
Een kriggt dat ›niege Auto‹ un de anner den ›niegen Busen‹.
Woso loot se sik over as de Wilden scheden, wenn se doch so schööne Geschenke kregen hebbt?
Weet ji wat ik glööv?
So'n ›nieget Auto‹ un ok so'n ›niegen Busen‹, Kinners, dat köst doch 'n Barg Geld!
Wenn he nu also sien Gootschien ünnern Dannenboom liggen harr, wo opstünn: »Gutschein über ein neues Auto«, dennso kann dat goot ween, dat he glieks no Wiehnachten mit sien ›niegen Smart‹ direktemang no'n Scheidungsanwalt fohrt is.
Un wenn se ehrn Gootschien ünnern Dannenboom liggen harr, wo opstünn: »Gutschein über einen neuen Busen«, denn kann ik mi dat goot vörstellen, dat se op den tweeten Busen nich bit neegsten Wiehnachten töven wull.
Oplest wull se jo 'n Poor niege ›Wiehnachtsglokken‹.
Un blots een dorvun, dat süht doch unsymetrisch ut, un klingt doch ok nich!

Dörpskind ode Stadtkind

Ik sitt in 'n Taxi un höör, wo 'n Mann in't Radio vertellt, dat he Psychologe is, un nu rutfunnen hett, dat Kinner, de op'n Land opwussen sünd, 'n betere Motorik hebbt as Stadtkinner ... 'n betere Koordination twüschen Hand un Gehirn, ode Fööt un Gehirn ...

»Na weenichsens wat«, lach ik, un mutt sofort an de Geschicht dinken, de ik för 'n poor Weken in de Zeitung leest harr.

Dor seet 'n Dachdecker jichtenswo in de Stadt bi de Arbeid op 'n Dack un versöch sik mit sien Gasbrenner gegen een Schwarm vun Wüpsen to wehrn, de dor mitmol op em to flegen dään.

Eegentlich 'n gode Koordination vun Hand un Gehirn, de Mann kümmt vun'n Dörp, harr de Psychologe woll nu seggt, wenn nich een vun de Wüpsen dör sien Gasbrenner Füür fungen harr un nu brennend wedder trüch in't Nest flogen weer, wo eerst dat ganze Wüpsennest anfung to brennen un denn ok noch dat ganze Dack.

Over is dat woll würklich so, dat mit de betere Koordination?

Blots wiel wi Kinner op'n Dörpen oftins mol de Chance harrn vun Trecker to fallen, ode bi't lopen över de Weiden jeedeen Dag de Koordination twüschen unse Fööt un unse Gehirn trainieren kunnen, üm nich in jeedeen Kohschiethopen to petten, de sik mitmol ut'n nix för uns opdoon dä.

Un müss du as Kind vendoog inne Stadt nich jüst so goot mit dien Fööt ünnerwegens ween, as de Kinner op'n Dörpen?

Dat kann sik so'n Stadtkind doch vendoog gor nich mehr leisten, bi all de Hunnschiet, de dor op'n Footpadd rümliggt!

Vun wegen Stadtbummel ... Hindernisrennen mütt dat heten!

Un as mien Taxifohrer mi jüst vertellt, dat he ut Istambul kummt, wat nu weeniger 'n Dörp is, over dat he trotzdem 'n gode Koordination hett un al siet veeruntwintig Johr unfallfree is, un dat he eegentlich Dachdecker is, un ik dat Lachen anfang, dor sett sik nich wiet vun uns jüst wedder 'n Hund in Position un kickt sien Herrchen ganz verlegen an.

Ik wörr an sien Steed ok verlegen kieken. Ik kunn dat ok nich.

So twüschen all den frömden Lüüd un denn merrn op'n Footpadd!

Een Auto is een Auto is een Auto!

Ik heff jo nu al sülvst lang keen Auto mehr. Gor nich ut Prinzip, sünnern wiel ik eenfach keen Auto bruken do.
Blots mannigmol, wenn't gor nich anners geiht, denn miet ik mi een.
Of ik nich eenfach 'n lüttjet, normolet Auto hebben kunn, mit veer Rööd un twee Sünnenblenden, froog ik den Mann vun de Autovermietung, as he dorbi is, mi all de Extras to verkloren.
»Hier, elektrische Sitzverstellung«, seggt he, un »Hier, vollautomatische Sitzventilation«.
»Sitzventilation?«, segg ik.
Ik sett mi gau rin in dat Ding un frei mi, dat 'n mit de Hand noch eenfach de Sünnenblende dolklappen kann.
Eegentlich frei ik mi noch mehr, dat dat Auto överhaupt noch 'n Sünnenblende hett.
Nu harr ik dacht, dat mien Autovermietungsmann woll markt, dat ik ok överhaupt keen Lust mehr harr, em noch wieder to to höörn, over vun wegen!
He plant sik eerstmol blangen mi op den Bifohrersitz un seggt: »Hier, Regensensoren« ... heet, wenn dat regent, denn goht automatisch de Schievenwischers los. »Hier, Lichtsensoren« ... heet, wenn dat düster warrt, geiht vun sülvst dat Licht an.

Mi hung de Kinnlood al op de Fööt, as ik em froog, of he den eegentlich wüsst, dat ik keen Astronaut bün, un dat ik nich vör harr, mi noch extra en to mieten, de so'n Auto ok föhren kann.

»Ach, das ist ja noch gar nichts«, seggt he, »die nächste Generation ist noch weiter«.

»Och«, segg ik, »wo ist die denn schon?« De hett wohrschienlich al 'n ›Waldsensor‹, dat wenn du in't Holt föhrst de Bifohrersitz – zack – automatisch in Liegeposition kummt.

»Fast«, seggt he, »die nächste Generation hat schon 'n ›Beifahrersensor‹«, un de erkennt denn, of dat ›betriebswirtschaftlich‹ Sinn mookt, dat de rechte Airbag överhaupt los geiht, wenn 'n mol 'n Unfall hett, also of dor överhaupt en blangen mi sitten deit.

»Betriebswirtschaftlich?«, segg ik, »das ist ja langweilig!«

Spannend weer't doch ween, een Sensor to entwikkeln, de nich faststellt DAT dor een blangen mi sitt, sünnern keeneen dor woll blangen mi sitt. Un denn müss so'n Sensor quasi in mien' Sinn, ik segg mol ›emotional‹ entscheden, of de Airbag nu rutkummt, ode nich.

Denn weern wi hier in Düütschland ok jichtens dat leidige ›Schwiegermutterproblem‹ los.

Ik segg blots: »Mutti, komm du ma nach vorne.«

Dat nenn ik Fortschritt, vun wegen: »Renault – le création de Automobil«.

De Polizei in Bodebüx

As dat annerdoogs mol wedder to hitt weer hier in de Stadt, un ik blots rut bün, üm mi düsse Ieswürfel-Gefrierbüddels to köpen, de 'n sik so schöön mit 'n Stirnband üm 'n Kopp binnen kann, dor dä mi nich blots de Busföhrer in sien Uniform leed, sünnern vör allns de beiden Polizisten, de dor in vulle Montur an mi vörbi lepen.
Of de woll neidisch sünd op ehr griechische Kollegen? Ik harr nämlich jüst leest, dat de Polizei in Griechenland af sofort in Bodebüx un Bikini op ›Streife‹ lopen dröff.
Op jeden Fall de, de in Athen rümloopt un dor den Strand bewachen mööt.
Dat is eegentlich klook, dink ik un kiek mien beiden Polizisten hier noch mol langen achterran, wiel eerstens kann'n nich glieks sehn, dat dat Polizisten sünd un twetens löppt sik dat doch wist ok beter, wenn du blots mit Bikini un Bodebüx achter so'n Verbreker achterranlöppst.
Of dat nu ok beter utsüht, dat kümmt woll ganz op den enkelten ›Körperbau‹ vun de Polizisten an. Jüst bi de weiblichen Polizisten.
Ik meen, wenn du as Fruu in'n Bikini dat Lopen anfangst un nich jüst Kete Moss heetst, kannst du doon, wat du wullt, dat süht eenfach jümmer albern ut!

Un de männlichen Polizisten? De köönt sik frein, dat se nich in Thailand leevt. Dor hett de Polizeibehörde nämlich nu all de Beamten mit 'n grötteren Buukümfang as 101 Zentimeter dorto verdunnert, an so'n Afspeck-Programm mit to moken. Een Johr lang mööt düsse dicken Polizisten jeedeen Dag ›gymnastische Übungen‹ moken, de Ernährung ümstellen un sik vun Akupunkturnodeln piesacken loten.

As ik mi nochmol no mien beiden Polizisten ümkieken do, dor hebbt de ehre Mützen al ünnern Arm un 'n Ies in de Hand, proportional to ehrn Buukümfang beide tominnst veer Kugeln, un mol ganz ehrlich, in Bodebüx much ik de beiden nich in Griechenland, nich in Thailand un al gor nich in Düütschland dör de Stadt lopen sehn.

Un 'n mütt jo ok mol wieder dinken.

Wenn dat mit de Bodebüxen eerstmol bi de echte Polizei sowiet is, dennso duurt dat nich lang, un de Feernseh-Polizei löppt dor ok mit rüm, wiel so'n Krimi jo ok ›authentisch‹ ween schall.

Över wüllt wi dat sehn?

Wenn de ›Bulle von Tölz‹ mit 'n Stringtanga üm 'n Tegernsee lopen deit?

Methan-Pupse

»Hier steht, dass eine Kuh im Jahr 114 kg Methangas pupst«, seggt mien Fründ, un kickt dorbi nich mol vun sien Zeitung hooch.
»Im Sportteil?«, froog ik.
»Jupp«, seggt he, »läuft unter ›tierischer Hochleistungssport‹«.
Kinners, mi worr ganz anners! 114 kg Methangas, pupst vun een Koh in't Johr! Wi harrn domols 30 dorvun in een lütten Kohstall stohn!
»Wir hatten damals 30 davon in einem kleinen Kuhstall stehen«, bölk ik em in't Gesicht rin, »wie kannsu da so ruhig bleiben?«
Wi harrn domols den ganzen Kohstall vull mit lebennige Methan-Bomben!
Biowaffen quasi! Un he bitt hier in alle Roh in sien Brötchen.
Un denn loop ik los ... 'n Taschenrekner holen ...
30 x 114 ... 30 x 114 ...
segg ik jümmer wedder sinnich vör mi hen ...
»3420 kg, sprich 3,4 Tonnen«, kummt dat ut de Köök vun em, noch vör ik den Rekner överhaupt funnen harr ...
Wo ik dat afkann, düsse Klookschieteree ... ›sprich 3,4 Tonnen‹ ...
»Tja, wer's nicht im Kopf hat«, seggt he, as ik mi wedder an'n Disch setten do!

»Ach, wer's nich im Kopf hat«, segg ik, »un wer's nich inne Beine hat, der kricht vielleicht mal Gefässverschluss«, segg ik, »und wird dann bettlägerich«, segg ik, »und muss dann von mir gepflegt werden«, segg ik, »und nu sach mir ma, was da noch so über Methan in der Zeitung steht, solange Du noch alleine sitzen kannst, duuuuu …«

»Mein Gott«, seggt he, »hier steht, dass Methangas durch Magenbakterien im Pansen entsteht, die Ozonschicht kaputt macht und das Methan leicht entflammbar ist …«

»Leicht ent-flamm-baaaa …«, bölk ik.

Un Papa un Heini Brüns hungen domols stünnenlang över de Stalldöör un schmöken een no de annere weg, ohn dat se wussen, dat dor över uns Deerns, de wi to melken ünner de Köh seten, al 'n riesige Methangasglocke vun 3,4 Tünn an bummeln weer, de jeedeen Momang in de Luft gohn kunn …!

Kinners, dat is doch ok keen Kohstall mehr!

Dat is doch 'n Kraftwark … 'n ›Hochsicherheitstrakt‹ … dor mutt 'n doch 'n Stacheldroht ümto binnen … un ›Warnhinweisschilder‹ mööt dor ok hen … sowat as ›Do not lean out‹ … ode ›Don't use the elivator in case of fire‹ … un wat se dor sünsten jümmer schrievt.

Koffie, ik bruuk in düssen Momang mehr Koffie … un 'n Zigarett. Kunn jo nix passeern hier bi uns in de Köök … weern jo keen pupsende Köh to sehn …

»Methangas entsteht übrigens auch schon bei nor-

malen Lebewesen«, seggt mien Fründ un kickt dorbi lang op mien Zigarett!
»Ich, oder was?«, froog ik, »hab ich etwa 'n Pansen?«, froog ik wieder, »bin ich 'ne Kuh, oder was?«
Un denn seggt he ganz lang nix, bitt sich düchdich op de Lippen, schluckt denn tominnst dree dicke Beleidigungen dol, vör he seggt: »Naja, beim Vegetarier würd ich meine Kippe nich ins Klo schmeissen, obwohl, 'n bisschen mehr Feuer unterm Arsch würde Dir vielleicht gar nicht schaden …«
»Sehr lustich«, segg ik.
»Und weißt Du was ich hier grad les in meiner Zeitung? Hier steht, dass 85 % aller Frauen ihren Arsch zu dick finden, und 10 % aller Frauen finden ihren Arsch zu schwabbelich, und nur 5 % aller Frauen finden ihren Arsch, so wie er ist ganz ok, und sind froh, dass sie ihn geheiratet haben!«
In den Bericht stünn nu noch binnen, dat de Köh nu impft warrt, un dat de denn weeniger Bakterien hebbt, un dat de denn weeniger Methan produzeert, also ok weeniger Methan pupst.
Un dat is jo nu woll Quatsch. Wenn so'n Koh dütt ›Edelgas‹ nu al in sik binnen hett, denn mütt'n dat doch ›reciclen‹.
Ut de Gülle hoolt de Buur doch ok sien Biogas … denn schullen se doch dat Geld lever statts för de Forschung to'n Impfen, för de Forschung to'n ›Pups-Reciclen‹ utgeven.
Wenn sik unse Forschers man 'n beten mehr an-

strengen dään, denn wörrn se dat ok henkriegen, 'n Trecker to entwickeln, de mit reinet Methangas föhrt.

Denn föhrt so'n Buur mit sien Trecker mol even gau in Kohstall rin, lett 2 bit 3 Köh in den Tank rinpupsen ... und – zack – steiht de Mais!

De Buhmann

Wenn ik vendoog jichtens vertell, dat wi in Huus fief Deerns weern, also dat ik noch veer Schwestern heff, ne, un dat wi all fief, ik segg mol, nich negen Moonot, over knapp teihn ut'n anner sünd, denn kriegt se sik jümmer all gor nich wedder in!

Wenn ik over denn noch vertell, dat wi fief Deerns lange Johrn in een Kinnerzimmer schlopen hebbt, denn fallt jem de Kinnlood jümmer meist dol bit op de Kneen!

5 Deerns, opdeelt op 3 Betten, in 1 Zimmer.

Un jeede vun uns harr jo so ehr Marotten. Wissenschaftlich worr en woll seggen ›Trauma‹, ik wörr seggen, wi harrn all fief jichtenswo een an'ne Klatsche.

Een weer de ganze Nacht luut schmatzend an't Nuckeln, een weer stünnlang in't Bett an't hen-un herwüppen, een mookt jeede Nacht dat Bett natt, een schmeer de Wand vull mit allns, wat sik schmeern leet un de öllste, de weer de Petze.

De Petze weer dorför dor, dat dat ruhich weer in'n Karton. Wenn wi mol wedder nich schlopen wulln, denn bölk se jümmer ganz luut: »Wenn noch eenmol en vun jo wat seggt, denn roop ik den Buhmann!«

Ik weet nu nich, wat toerst dor weer. Eerst de Klatsche un denn keem de Petze mit den Buhmann, ode keem de Klatsche womööglich vun de Angst för den Buhmann?

Op jeeden Fall hett dat so goot funktschioneert, dat wi för den Buhmann riesich Schiss harrn, ofschoonst wi em ni nich persöönlich kennenleert hebbt.

Mannigmol harr ik meist extra wat seggt, blots üm em mol to sehn ... un dormit he ok mol wat to doon kreeg.

Ik kunn mi domols al nich vörstellen, dat'n Buhmann Lust harr so'n Leven lang jichtenswo boven bi uns op'n kolen Böhn to sitten, ohn Feernsehn, ohn Radio, un dat he blots dor op töven dä, dat de Petze em villicht mol ropen deit.

Un woso hett de Petze den Buhmann nich ropen, wenn dat wat to doon geef op'n Hoff?

Dat he uns mol bi't Melken hölpen dä, ode bi't Kalberfodern!

So'n Buhmann mutt sik doch ok mol 'n beten bewegen un wat doon, sünsten kannst doch ovends gor nich schlopen.

Nu heff ik mi de lesten Johrn over jümmer wedder froogt: wo is de Buhmann eegentlich vendoog?

Sitt de womööglich jümmer noch bi uns op'n Hoff, boven op'n kolen Böhn?

Un töövt sik dor de Fööt platt?

Ode is he denn doch jichtens mol uttrocken un hett 'n ›Ich-AG‹ gründ?

»Rent a Buhmann«, ode so!
Ode ... weet ji wat? Ik kiek glieks mol in't Internet, ünner »www.Buhmann.de«.
Villicht kann man sik den Buhmann dor jo rünnerloden? Ik harr em doch so geern noch mol persöönlich kennenlernt!

De Pisspottschnitt

Mien Kinnertiet weer schöön!
Wi harrn de Sünn in't Hart, den Schalk in'n Nakken, wi harrn Gülle an de Hannen un Kohschiet an'ne Fööt. De Melk, de harr bi uns domols noch 3,8 % Fett un dat kunnst' uns Kinner ok goot ansehn!
Un wi weern over nich blots körperlich mopsich, wi harrn ok noch de passlichen Frisuren dor to.
All veer Weken weer dat wedder so wiet. Denn keem düsse traumatische Sünnovend-Ovend. Dor seten wi fief Deerns, as wi tovör duscht un schrubbt worrn weern, bi uns in't Huus in de Köök, mit 'n blanken Moors op den Kökendisch … un denn keem Papa mit sien Huusholtsscheer un fung an, uns de Hoor to afschnieden.
Nu mütt 'n sik eerstmol frogen, woso woll Papa un nich unse Mama uns de Hoor schnieden dä … weer unse Papa doch nich jüst för sien ›filigrane Handarbeit‹ bekannt!
Over de Antwoort weer kloor: Unse Papa hett den ›Pisspottschnitt‹ erfunnen!
Den Pisspottschnitt? Kennt ji den noch? Dat weer de Vörlöper vun Mirelle Matthieus ›Prinz-Eisenherz‹-Frisur.
Un nu froog mi nich wo, over jichtenswo hett unse

Papa dat schafft, sik 'n ›virtuellen‹ Pisspott vör to stellen (ik weet nich, wo groot dat Trauma noch worrn weer, wenn he uns den Pott ok noch würklich opsett harr).

Op jeeden Fall harr he düsse göttliche Gave un fung eenfach an los to schnieden, un ferdich weer de eerste!

Karin, de Öllste, un kunn rut lopen, to'n Blarrn!

Dorno leep de tweete rut to'n Blarrn, de drütte, de veerte un ... de föffte!

Ik harr domols dat Geföhl, unse Papa hett woll dacht, dat wi all rutloopt un blarrt, wiel wi uns so freit över de niegen ›Kunstwerke‹, de he dor op unsen Kopp trechtschneden harr.

Unse Buurnhoff weer to'n Glück so groot, dat sik jeede vun uns 'n eegen Eck söken kunn, wo wi uns rinsetten däen to Blarrn.

Ik höör mi jümmer noch: »Ik koom hier nich ehrder wedder rut, bit mien Hoor un mien Würde wedder no wussen sünd!«

Hett natüürlich ni funktschioneert!

Over weet ji wat argerlich is?

Dat Buur Nikolaus sik op sien Frisur domols keen Patent anmellt hett.

Denn weer he vendoog villicht sogor 'n ›gemachten Mann‹ west!

»Who the fuck is Udo Walz?«

Annerdoogs heff ik nämlich 'n Zeitschrift sehn, dor weer vörn op 'n Fruu, de harr jüst de sülve Frisur, as wi domols.

Un weet ji, wat de Överschrifft weer: 100 Top-Frisuren!
Kinners ... 100 Top-Frisuren ... dor hebbt se sik woll verschreven ... dat müss doch 100 Pot-Frisuren heten!

Feng Shui op'n Buurnhoff

Ik heff mi 'n Book över Feng Shui köfft. All schnackt se blots noch vun Feng Shui, un nu wull ik mol mitschnacken.
Vör'n op dat Book is 'n frisch friseerte Fruu in'n Chanel-Kostüm op un binnen in dat Book stoht veele chinesische Klookheiten ... wat ik in't Huus allns moken kann, dormit mi dat noch beter geiht.
Ik schall mi so lüttje Ecken buun, seggt »Frau Shui«, een för de Karriere, een för de Liebe, een för dat Geld, un ik schall mi Klangspele ophangen, dormit de Energie in Bewegung blifft.
Ik schall Zimmerbrunns opstellen, dor, wo de Energie besünners goot fließen schall.
Ok will »Frau Shui«, dat ik mi örnich Spegels ophangen do un – ganz wichtich – dat ik den Klodeckel jümmer dicht moken do, dormit mi de ganze niege Energie mit samt dat ganze Geld nich glieks wedder dör dat Klo afhauen deit.
An besten, mütt ik seggen, hett mi over dat Kapitel över dat ›Space-Clearing‹ gefullen.
Dor schallst du di henstellen un de Ecken utklatschen, dormit sik de Energie dor nich staut.
Minsch, harrn se uns dat man allns al mol wat fröher seggt, domols, as ik noch in't Huus leevt heff, op'n Buurnhoff!

Wat harr dat ganze Leven domols schööner ween kunnt, harrn wi de Stallfinsters doch mol örnich opreten, dat de Feng Shui Drache dor mol in Roh dörflegen kunnt harr, mh?
Denn harrn de Köh wist ok mehr Melk geven!
Un wat weer dat för'n schöönet Bild ween, düsse frisch friseerte Feng Shui Beraterin so bi uns op de Deel, mit ehr lüttjet Chanel-Kostüm, för de Bost ehrn Block, wo se sik de Notizen moken dä, wat allns ännert warrn müss, un wo se Papa denn wiesen dä, wo he mit sien groote Hannen de Ecken utklatschen mütt.
Dat harr wist 'n örniche Schlagzeile in de ›Land und Forst‹ brocht: ›Bauer Nikolaus beim Space-Clearing!‹
Un solang as Papa an't Klatschen weer, güng Mama bi un hung de Spegels in Swienstall op, dormit de Swien mehr Energie kriegt un noch wat fetter warrt, ofschoonst, wenn de dor dör man nich depressiv worrn weern. Wenn de sik 'n ganzen Dag in'n Spegel sehn harrn? Wo se vun Dag to Dag jümmer fetter warrt?
Dat kennt wi doch all vun uns sülvst. Dor warrt 'n doch depressiv!
Also lever de Klangspele in'n Swienstall rin un de Spegels ... in'n Kohstall.
Un överall op de Deel verdeelt wörrn lüttje Zimmerbrunnens plätschern, an de Papa denn rasant, over mit gode Luun, mit de Schuuvkoor ümtoföhrn dä.
De Energie-Ecken, de harrn wi em direktemang an

den Griff vun sien Schuuvkoor ranhomert, dormit he mol 'n beten wat gauer schuven dä.
Blots dat Ding mit de Klodeckels, of wi dat in'n Griff kregen harrn?
Buur Nikolaus harr dör »Frau Shui« woll nu mehr Geld un ok mehr Energie in sien Stall, over dat wörr em jo ok allns direktemang mit de Kohschiet, dör de Rosten dör, in de Güllekuhl rin, wedder afhaun.
Dor harr he gor nich no klatschen kunnt.
Kannst jo nich för jeede Koh 'n Extra-Klodeckel in buun!

Wo heff ik dat blots överleevt?

Ik stoh an de Ampel un mi güntöver steiht 'n lütten Jung un telefoneert mit sien Papa.
Nu froogt ji, worüm ik dat woll weet, dat he mit sien Papa telefoneert?
Sien Papa steiht hier bi mi an de Ampel. Dat geiht üm den niegen Computer, den se sik glieks köpen wüllt, un as dat grön warrt, dor loopt se beide los, droopt sik in de Midd vun de Stroot, steekt de Händis weg un schnackt vun dor an ok eerstmol nich mehr.
Je fokener ik dör de Stadt loop, je fokener froog ik mi, wo ik mien Kinnertiet överhaupt överleven kunn. Domols, vör dörtig Johr, as ik noch lütt un schier över de Weiden lopen bün.
So ganz ohn Internet, Feernsehn, Videospele un Händis. Un ohn DVD un Playstation un wat dat dor noch alns gifft.
Wat 'n Wunner, dat ik domols as Kind nich eenfach jichtens vör lange Wiel doot ümfullen bün.
Un wo gefährlich unse Kinnertiet domols weer: De Autos, de unse Öllern harrn, de harrn keen Kinnersitz, keen Gurte un al gor keen Airbag.
Un op't Rad hebbt wi ok keen Helm op hatt.
Woter keem bi uns ut'n Woterhohn un nich ut'n Buddel. Un wenn doch mol jichtenseen wat ut'n Buddel to drinken harr, dennso drunken wi dor all

mit'n Mund ut. Sogor ohn Angst to hebben, dat glieks een vun uns doot ümfallen deit.

Wi hebbt lebennige Meckens freten, wiel wi weten wullen, of de dor woll ok lebenning wedder rut keemen.

Dat Wort ›Aufsichtspflicht‹, dat geef dat domols noch gor nich, un wenn ik gröön un blau no Huus keem, wiel de annern mol wedder ropen hebbt: »Ina Möller, schitt in Töller«, denn worr dor nüms verkloogt, denn hett Papa blots seggt: »Büst jo sülven Schuld!«

Un wenn wi no de School to'n Spelen ut'n Huus rut sünd, denn weern wi weg! Un nüms wüss, wo wi weern. Wi harrn ok keen Händis, dat se uns dat frogen kunnen.

Un eerst wenn de Laternen in de Marsch an güngen, denn hett Mama seggt: »Wo sünd de Deerns eegentlich? De schullen doch to'n Melken in'n Huus ween!«

Domols kunn'n ok eenfach so no de Novers röverlopen. Stellt jo dat mol vör, eenfach so, ohn dat wi vörher 'n Termin mookt harrn. Sogor ohn, dat wi Gaby ode Herma 'n SMS schickt harrn. Wi sünd dor eenfach so rin, sogor ohn to klingeln. Wiel de jo meistiet gor keen Klingel harrn! De Dören weern eenfach jümmer open.

Un wenn wi Völkerball op'n Hoff spelen dään, denn müssen de, de dat nich so goot kunnen, un de dorüm nich mitspelen dröffen, dor schöön sülvst mit ferdich warrn. Therapeuten geef dat domols nich!

Blots Enttäuschungen, un de hebbt uns al mol stark mookt för dat richtige Leven!

Wi hebbt uns domols bi't Spelen noch buten de Knoken broken un uns gegensiedich de Tään ruthaut.

De Knoken breekt se sik vendoog jo blots noch bi'n SMS-Schrieven, wenn se den Knütten, den se dorvun in de Fingern hebbt nich wedder rut kriegt.

Un de Tään, de haut se sik sülvst rut, wenn se den ganzen Dag vör'n Computer sitten dot un jichtens in de Nacht so mööd sünd, dat jem de Kopp vörn över op de Tastatur knallt.

Over Tään bruukt se jo eegentlich vendoog ok nich mehr ... so'n Big Mac lett sik jo ok wunnerbor lutschen, so as domols de Meckens. Blots, dat 'n sik bi so'n Big Mac nich to frogen bruukt, of de dor woll lebennich wedder rut koomt.

Jümmer mehr Frünnen!

Ik koom jo to nix mehr, Kinners. To gor nix.
Siet ik düssen Computer heff un den Internet-Anschluss ... sietdem heff ik eenfach to vele Frünnen.
Ik kann se al gor nich mehr tellen.
Eerst weern dat blots miene Frünnen vun de ganzen Aktien-Fonds.
As dat so modeern worr, mol hier 'n beten wat un mol dor 'n beten wat in 'n Aktien-Fond to packen.
As wi all unse goden, olen Bausparverdräge mit veel Verlust oplööst hebbt, wiel nu Aktien-Fonds ›in‹ weern.
Domols füng mien ersten Breeffründschaften an.
Mit Frau Aktivest, Herrn Wachstum, de ganzen Dynamics, Fidelitis un mit Franklin. Franklin Templeton.
De schrieft mi nu al siet 'n poor Johr, jümmer wedder, un vertellt mi, wo mien Geld dat so geiht, un denn geevt se mi Tipps, dat wenn ik jem noch 'n beten mehr nieget Geld dorto geven do, dat mien olet Geld dat denn noch beter geiht.
Mannigmol schickt se sogor richtich dicke Böker. ›Halbjahresberichte‹, de verstoh ik överhaupt gor nich, dat mag ik jem over nu, no all de Johrn, ok nich mehr seggen.
Un Inlodungen! Jümmer wedder Inlodungen.

To de ›Jahreshauptversammlungen‹, wiel se mi woll ok eennich mol persöönlich kennen lern muchen.

Ik schriev jem denn jümmer trüch, dat ik leider keen Tiet heff, un dat se sik man ohn mi versammeln schüllt.

Ik glööv jo, alleen dat Porto un dat Papier, wat se mi jümmer schickt, is al mehr wert, as all mien ›Pipifax-Aktien‹, wat överhaupt ok 'n schöönen Noom för so'n Aktiengesellschaft weer.

So, un nu koomt neven düsse ganzen Breeffrünnen noch de ganzen Internet-Frünnen dorto.

De schrievt ok meist jeedeen Dag. Vun överall her, vun'ne ganze Welt, un de sünd so nett un wüllt mi jümmers hölpen, ohn dat ik jem dorüm froogt heff, un se hebbt so urige Nooms:

Willi Wu froogt, of ik Pillen bruken do, üm mi beter to föhlen; Susi Summer froogt, of ik nich villicht mol Sex hebben much; Giga Goodwin froogt jümmer wedder, of ik Gewicht verleren much – utverschoomt, mit Giga warr ik eenfach nich warm.

Harry Hartmann vertellt mi sogor ganz intime Details vun sien Ehe, dor is woll no twölf Johr de Luft rut, schrifft he, un dat he nu so'n Middel harr, womit he nu nich blots so heet, sünnern sik nu ok eennich wedder so föhlt as 'n ›Hartmann‹.

Un Charly Fletcher, de froog mi sogor, of ik Geld bruken do.

Ik heff em denn sofort de Adress vun mien Fründ

›Franklin Templeton‹ un vun all den annern ›dynamischen Wachstums‹ geven, de bruukt jümmer Geld, heff ik em schreven.
Is al schöön, so vele gode Frünnen to hebben! Over köst ok 'n Masse Tiet, dat segg ik jo!

Kontaktallergie

Kinners dat is echt de Homer!
Ik sitt in mien Lieblingscafé, un heff mi 'n Zeitschrift mit an'n Disch nohmen, bestell mi 'n Koffie, dink an nix Schlimmet, de Sünn schient, de Koffie kummt, ik schloog de Zeitschrift op, un wat springt mi dor as eerstet in de Mööt? 'n grootet Bild vun'n Klopapierrull un de Överschrift: ›Liebesglück scheitert oft am Klopapier‹.
De Hälfte vun mien Koffie pruusch ik direkt in de Zeitschrift rin, de annere Hälfte löppt mi jichtenswo den Hals dol, un mien Ogen stoht mi meist 5 cm wieder rut as se dat sünsten dot. Wat is dat denn nu wedder?
Se schrievt hier, dat – ja, düttmol sünd dat inglische Wissenschaftlers – also dat de rutfunnen hebbt, dat so'ne Beziehung an veele lüttje Niggelichkeiten kaputt geiht ... wenn he sik in de Nääs puhlt, ode se to lang för ehr Klederschapp steiht ... wenn he sien Hanndook op de Eer liggen lett un se em jümmer ›Hasi‹ nöömt, wenn de annern dorbi sünd ... dat allens föhrt dorto, dat Mann un Fruu jichtens allegisch op'n anner reageert.
De Forschers seggt: eerst kummt de ›Entromantisierung‹ vun 'n Beziehung, un denn warrt dat 'n richtige Kontakt-Allergie.
Ik pack mien Zeitschrift nu eerstmol dol, un fang

an to överleggen, wat ik in mien Beziehung woll allns verkehrt mook. Un dor fallt mi doch eenfach nix in.

Un denn överlegg ik wieder, wat he in unse Beziehung wull allns verkehrt mookt, un dor fallt mi soveel in, dat ik ok sofort mien Arms un Fööt ünnersöök, of dor al wat to sehn is, of dor bi mi al wat jöcken deit, of ik dor al jichtenswo allergischen Utschlag krieg ... nix, nix to sehn!

Puh!

Se schrievt sogor, dat dat eegentlich nich utblifft, dat 'n sik jichtens op'n Sack geiht. Over worüm seggt se denn jümmer, en schall op den Richtigen töven? Bit nu harr ik jümmer 'n Barg Spoß mit den Falschen!

Ik bestell mi 'n örnich Stück Torte un lees mien Zeitschrift wieder.

Ganz an't Enn keem dat Krüzwort-Rätsel. Dat harr over al en ferdich mookt.

Un weet ji, an wat ik markt heff, dat dat 'n Mann mookt harr?

Bi ›Lebensgemeinschaft mit 3 Buchstaben‹ stunn dor: ›OBI‹.

De leste Männebastion

Wi Fruuns, ne, wi sünd würklich unminschlich. Schall ik jo mol wat seggen? Ik much vendoog keen Mann mehr ween!

So'n Mann, de weer jo eegentlich mol vun't Kunzept her, ne, also as Idee, dor weer de eegentlich mol ganz goot dacht, blots he is uns in de Praxis jichtens ünnerwegens mol kaputt gohn!

Un wi Fruuns, wi sünd dor Schuld an! Wiel wi em jümmer rinquatscht hebbt mit unsen ganzen ranzigen Emanzipationdreck.

Eenmol seggt wi, he schall so un so ween, denn seggt wi, nee doch nich, he schall lever jüst ümgekehrt ween ... rin in de Kantüffeln, rut ut de Kantüffeln, un denn fung he jichtens an to tillen, un nu is he kaputt, de arme Mann!

Un dat Schlimmste is, nu nehmt wi em ok noch de leste Männebastion, de so'n Mann överhaupt noch hett ... sien Football!

Wiel wi jümmer överall mit achteran mööt: »Oh, ich will auch mit!« nu geiht he dor al lever gor nich mehr hen!

Kinners, so'n Mann, de will nich mit uns Fruuns no'n Football hen! Dor will he alleen hen, mit siene Kumpels! Dat mag he uns blots nich seggen, wiel he bang is, dat dat denn wedder Arger in't Huus gifft!

Un denn lett he dat lever ganz ween mit den Football. Un nu hett he nämlich blots noch sien Vadderdag, un ik segg jo wat, den mookt wi em ok noch kaputt! Dat schafft wi ok noch!

Un wat is dat schood, düsse Sünnovend un sien Football, dat is doch so wichtich för em ... un för mi!

Wenn he Middoogs hektisch sien ›Dauerkarte‹ söcht, mi tominnst dree mol luut anbölken deit: »Wo hast <u>DU</u> die wieder hingelegt ... die lag doch <u>IMMER</u> hier ... <u>IMMER</u> musst <u>DU</u> alles wegräumen« ... bit he se denn jüst dor finnen deit, wo he se lesten Sünnovend loten hett ... in sien Regenjack!

Un wo he sik al Klock een sien School üm'n Hals hangt un dormit bit Klock twee dör de Wohnung tigert ... un mi luut, ohn dat ik dorno froogt harr, vertellt, dat he sik vendoog 'n beten wat ehrder mit siene Kumpels dropen deit, wiel dor kümmt jo Werder Bremen, un de sünd jo blots veer Punkte ... un so wieder ... un so wieder ... un jichtens fallt denn de Döör achter em to, un denn loot ik em lopen, alleen!

Un jüst dat is nämlich ganz, ganz wichtich för de Sozial-Hygienie vun so 'ne Beziehung. Dat he dor mol wat hett, wo he sik gohn loten kann, wo he bölken un blarrn un schimpen un supen kann. Dat he weenichsens för'n Momang wedder weet, wo he as Mann eegentlich mol dacht weer.

Un wenn Football vörbi is, denn kummt he no Huus un steiht rootbackich, glücklich un innerlich oprüümt vör mi!

Un dorüm mutt so'n Mann dor alleen hen, no'n Football ... un wenn wi Fruuns meent, dat wi unbedingt wat mit em tohoop moken mööt, denn meld wi uns schön mit em to'n Danzkurs an.

Ik glööv sowieso, dat wenn wi Fruuns unsen Busen nich vörn, sünnern achter op'n Puckel sitten harrn, denn weern de Männe vendoog nich so verrückt no Football, denn weern de vendoog verrückt no ›Standarttanz‹, wetten?

Dor hett de Football echt noch mol Swien hatt! Un de Evolution hett sik bestimmt wat dorbi dacht ... bi den Busen ... un bi den Football!

Adrian

Mien Fründ is vör'n Tiet no Bonn trocken, un ik bün wedder Single. Also nich so richtich, wiel wi sünd jo noch tohoop.
Also wenn ik em bruuk, denn is he dor, un ümgekehrt natüürlich jüst so: Wenn ik em nich bruuk, denn is he ok nich dor.
Un denn bün ik Single. As he uttrocken is, dor heff ik eerstmol düchtich blarrt, de Wohnung weer opmol so groot, un he so wiet weg, un denn sien lerriget Zimmer ...
Dat duur so ... na, och, 'n ganze Tiet, also tominnst twee Doog ... dor güng mi dat allmählich wedder beter ...
Dor weer ut sien Zimmer al mien niegen ›begehbaren Klederschrank‹ worrn, mit 'n richtich groten Spegel un 'n riesiget Schohregol, un mit Adrian dor binnen! Adrian sitt in Levensgrötte op'n Sofa vun mien niege ›Single-Foto-Tapete‹. Adrian is üm de dörtig, höört mi stünnenlang to, seggt over sülvst nix. Dat gefallt mi. He süht goot ut, is anspruchslos, kleit nix vull un – ganz wichtich – he is ›abwaschbar‹!
Gegen Adrian kannst mol gegenpetten, wenn di dorno is un wenn du mol mit 'n Glas no em schmieten deist, denn müsst ok nich bang ween, dat dor wat wedder trüch kummt.

Ik heff mi an dat Single-Leven-op-Tiet ganz goot wennt.
In mien Supermarkt, ne, dor gifft dat nu sogor al ›Zwergananas für Singles‹, ›Für Singles‹ ... stünn extra dorbi! Heff ik mi glieks 5 vun in'n Wogen packt!
»Die haben wir aber immer frisch da«, seggt de Fruu an de Kass...
»Ja«, segg ik, »aber eine is ja wohl nur was für'n hohlen Zahn...«
»Ja«, seggt se, »aber 5 Stück sind 10 mal so teuer und genauso schwer wie zwei von den Großen«.
»Die Großen sind aber nich für Singles«, segg ik, schmiet mien Kopp no achtern un treck so half beleidigt af.
De is doch blots neidisch, dink ik, as ik heel ferdich mit mien Lodung Zwergananas no Huus koom, un luut ropen do: »Ich bin wieder da!«, dormit Adrian ok bescheed weet.
Mannigmol, wenn mien Fründ seggt, dat he wedder no München trecken will, denn warrt mi ganz anners. Denn sehg ik miene schöönen, niegen Schappen un mien Designer-Schohregol al op'n Böhn stohn un vör sik hengammeln ... jüst so as mien groten Vörrot an Zwergananas un noch veel schlimme, Adrian! Den kann ik denn ok wedder vun de Wand kratzen.

Vun Minschen un Diamanten

De ganze Diskussion fung an, as ik mien Frünnen Harm, Helge un Andrea in Bremen besöcht heff, un wi ovends tohoop op'n Dack sitt un grillt.
Jichtens keemen wi vun't Grillen op Krankheiten, ode beter seggt op ›Nichtkrankheiten‹. Un wi frogen uns, of nu Hitzewallungen in de Wesseljohrn eegentlich 'n Krankheit sünd, de de Kass betohlen mutt.
Ode afstohende Ohrn, froog ik, un kiek Harm an.
Ode 'n Glatze kriegen, seggt Andrea, un kickt ehrn Fründ Helge lang an.
Ode ›Cellulitis‹, seggt Harm un kickt mi un Andrea dorbi an.
Of dat nu woll allns Krankheiten sünd, de de Kass betohlen mutt, froogt wi uns, ode sünd dat blots Pseudokrankheiten, de de Kass ruineert?
Un wat is woll mit ›Potenzprobleme‹, froogt Andrea un ik gliektiedich, un kiekt dorbi beide lang in unse Beer.
Woso kann sik so'n 70 johrigen Opa nich eenfach seggen: So nu is over mol goot, ik bün nu 70, ik stoh nu to mien ›Alterslustlosigkeit‹, de heff ik mi verdeent, anstatts sik dör Viagra wedder dorhen to puschen, wo sien Libido al lang nix mehr to söken hett, froog ik.

Wat is mit Tronensäcke? Falten? Jetlag? Un vör all mit Dummheit, sünd dat Krankheiten? frogen Harm un Helge in Wessel, un kiekt dorbi ok in ehr Beer, to'n Glück, sünsten harr de schööne Grillovend woll hier sien Enn funnen.

As wi denn wat loter vör unse Würstchen seten un an't Eten weern, vertellt Helge, dat man jo nu ut de Asche vun sien dootbleven Angehörige Diamanten pressen loten kann.

»Ach, wie das denn«, froog ik mit vullen Mund, un frei mi, dat he ›Diamanten‹ un nich ›Grillwürstchen‹ seggt hett.

»Kohlenstoff«, seggt he, de Minsch besteiht jo to'n Deel ok ut Kohlenstoff, un Diamanten even ok. Un dat gifft nu 'n Firma in Ingland, de nimmt de Asche vun so'n doden Minschen, mookt de hitt un presst dor denn 'n Diamanten vun.

»Un denn«, froog ik.

»Schmuck«, seggt Andrea, ok mit vullen Mund.

Un ik stell mi vör, wo de Mann denn in't Huus sitt, op sien Diamantenring kickt un seggt: »Früher warst Du meine Perle, nun bist Du mein Diamant!«

»Kann man das bezahlen?«, froog ik, un funn sofort Gefallen an de Vörstellung, so as Diamant-Ring op den Finger vun mien' Mann to sitten … veel mehr Gefallen, as in so'n Kist ünner de Eer to liggen un gor nix mehr mit to kriegen …

»Kost meist 4000 Euro, so'n Ring«, seggt Harm, de dat ok leest harr.
»Das is mir zu teuer«, meent Helge un kickt Andrea an. »Aus Deiner Asche würde ich 'ne Sanduhr machen ... dann hättest Du endlich die Figur, von der Du immer geträumt hast!«

Sport is Mord

Dörtig Grod hier in München, ik heff all de Finsters op reten un kann't meist nich utholen. Nich blots wiel dat so hitt ... nee, sünnern wiel dat so luut is.
Ik wohn hier direktemang an'n Altstadtring ... un dat höört sik jümmer so gemütlich an, ne? Altstadtring! Is dat over nich!
Un bi schöön Weder noch weeniger. Denn koomt se dor anjoogt mit ehre Cabrios, lude Musik an ... wumwumwum-zingzingzing-wumwumwum ... un föhlt sik mit ehre quietschenden Reifen as Michael Schumacher, un ik froog mi, woso is Autofohrn överhaupt mol 'n Sport worrn? Also Formel-1-Rennen? Dor beweegt sik doch nüms? Blots düsse opmotzten Autos.
Un de groten Jungs, de dor binnen sitt, speelt dat Speel: keen an'n gauesten in'n Kreis föhrn kann ohn rut to flegen!
De eenzige Momang, wo so'n Rennfohrer denn doch mol in't Schweten kummt is doch de, wenn he düsse riesige Champagner-Buddel schütteln un dorno billige Boxenluders afknutschen deit.
Un woso kickt eegentlich nüms Angeln? Dat is doch ok 'n Sport?
Woso sitt wi eegentlich nich all Sünnovends för'n Feernseher un kiekt Angeln? Wett-Angeln!
Dat stinkt nich, mookt keen Krach un kost nix. Un

ik kunn hier boven schöön vör mien open Finster stohn un tohoop mit mien Lungenflögel op den lerrigen Altstadtring winken.

Hebbt ji wüsst, dat sik in Dörschnitt een Rennfohrer in'n Johr dootjoogt?

Nöömt 'n dat also nu Sport, wiel dat so gefährlich is? Wiel Winston Churchill mol seggt hett: »Sport ist Mord«?

Un denn is dat jo ok nich blots luut un stinkich, dat is jo ok noch so langwielich, wiel jümmer de sülve winnt.

De ganzen lesten Johrn doch jümmer Schumacher. Wenn se sik dor weenichsens mol wat infallen loten harrn, dat dat 'n beten wat spannender worrn weer.

Dat se dor mol niege Regeln opstellt harrn. Sowat as: wenn een fokener as dree mol achtereenanner wunnen hett, denn mutt he dat veerte Mol mit'n Trecker gegen de annern fohrn.

Ode se schickt in so'n Rennen mol 'n beten Gegenverkehr rin, dat dat wat echte warrt.

Ode se harrn den Schumacher domols 'n poor Gewichte achtern ranhungen … villicht sien Broder Ralf … ode noch beter, de Fruu vun sien Broder Ralf. Dor kunn' se glick mol testen, wo sik Silikon woll so bi 200 h-km verholen deit …

Un wenn dat denn jümmer noch nich holpen harr, denn harrn se den olen fetten Flavio Briatore eenfach ok noch mit achtern ranhungen!

Denn harr ik domols bestimmt ok tokeken … un Heidi Klum bestimmt ok!

Wenn de Dschungel röppt

Jüli röppt mi an un seggt: »Ina, Du müsst dat Dschungel-Camp kieken, dormit wi doröver schnacken köönt. Regina un Uta kiekt dat ok«, seggt se, »denn hebbt wi wat to schnacken«, seggt se noch mol.
»Jüli«, segg ik, »nein Danke«, segg ik.
Ik heff al dat eerste Mol den Dschungel nich keken, wiel ik mi vörher seggt heff: irgendwann ist Schluß!
Ik heff ›Popstars‹ keken, ik heff ›Deutschland sucht den Superstar‹ keken un ik heff dat eerste Mol ›Big Brother‹ keken.
Nu will ik eenfach nich mehr! Ik will mi dormit nich mehr belasten, dink ik, un en mutt ok nich bi allns mitschnacken!
Ok hett doch jichtens so'n kloken Minschen mol seggt: Schweigen ist auch eine Form von Leben, und nicht die schlechteste Alternative!
An'n neegsten Ovend röppt Uta an: »Guckst Du Dschungel-Camp?«
»Nein«, segg ik, »Uta, kiek ik nich. Un Morgen ok nich un Övermorgen ok nich!«
So, un as denn 4 Doog dat Telefon gor nich klingeln dä, dor harrn se mi sowiet! Blooots Schwiegen un dorbi sozial to verkröppeln, dat geiht ok nich.

Also kiek ik nu ok! Den Dschungel, jeeden Ovend!
Oftins sogor mit 2 Telefonhörers an'ne Ohrn ...
Wi lacht över den grenzdebilen Harry Wijnford.
Wi froogt uns, of de Maden, de se dor eten dot, woll ünner de feucht warme Perücke vun Naddel zücht warrt.
Over an'n meisten lacht wi över Desiree Nick!
Vele hebbt de jo vörher gor nich kennt, vör de dor in'n Urwald gohn is. Dorbi is de jo al lang in't Geschäft.
Mi hett jüst en vertellt, dat de ehre Karriere jo anfungen hett as ›Suppenhuhn‹ in de Tasch vun Gottlieb Wendehals. Un stimmt, ik kunn mi glieks besinnen!
... hier fliegen gleich die Löcher aus dem Käse!
Un nu sitt se dor, Fruu Nick, in'n Dschungel, wohrschienlich op den Zenit vun ehr Karriere un fritt Mecken un rohe Kängeruh-Hoden!
Un ik kiek ehr dorbi to un schoom mi!

Schöönheit vergeiht, Hektar besteiht

Wenn en, so as ik, as Fruu meist veertig warrt, denn is dat eegentlich nich so schlimm, reegt over doch so 'n beten to'n Nodinken an.

Dat Öllerwarrn an sik gefallt mi ganz goot, blots wenn all ümto anfangt to pieren, wiel en noch nich verheiroot is ... dat hett mi jümmers richtich belast.

Wat weer dat jeedeenmol gruuselich för mi, wenn ik mol wedder to 'n Hochtiet inlood weer. Un wenn denn de ölleren Tanten, Bekannten un Omas ankeemen, un mi so kört in de Siet knuffen dään un denn seggen dään: »Du büst de Neegste!«

To'n Glück hebbt se dormit ophöört ... siet ik op Beerdigungen jümmers dat sülve to jem segg.

Villicht weer ok allns anners koom, wenn ik domols mol no so'n Hektarball hen gohn weer. Villicht weer ik denn al lang verheiroot.

Hebbt ji so'n Ball mol mitbeleevt?

Dor hungen sik de nich verheiroden Jungbuurn un Bäuerinnen so Schiller üm 'n Hals, wo de Hektartohl vun den Hoff opstünn ... un denn worr danzt un sopen ... nich lang schnacken, Kopp in'n Nakken ... un ik kann mi dat richtich goot vörstellen, wo dor de muulfuulsten vun de Jungbuurn so an'n Tresen stünnen, in de een Hand dat Beer, in de an-

ner Hand ... den Kööm ... »Ich kann auch saufen, ohne lustich zu sein!«
Over kannst' seggen, wat du wullt, so een ›Veranstaltung‹ mookt jo Sinn.
Dor gung dat nich üm ›Äusserlichkeiten‹, as vendoog so oftins, dor tellen blots Fakten-Fakten-Fakten!
Un wenn dat Licht denn angüng, dennso lepen meisttiets de dicksten Buurn mit de dümmsten Kantüffeln no Huus hen!
Jümmer no dat Motto: Schöönheit vergeiht, Hektar besteiht!
Blots wenn du di as Buur dor nu vergrepen harrst, dennso harrst du düsse dumme Kantüffel meisttiets dat heele Leven an de Hacken. Un dorbi müsst du jo jüst as Buur vörsichtich ween, keen du di dor op'n Hoff hoolst.
Bi uns in't Dörp, dor weer mol 'n Buur, de hett op 'n Hektarball so'n richtige Emanze foot kregen un müss de denn heiroden.
De harr vun dor an överhaupt nix mehr to lachen!
Dat weer so schlimm, bi em op'n Hoff müssen sik nu sogor de Köh in'n Stall to'n Pinkel hensetten!

Wenn ik mol olt bün

Ik bün mol wedder bi Fränki, mien' Friseur, un ik harr mi man jüst dolsett un al de Zeitschrift to'n lesen rutsöcht, vun de ik jümmer seggen do, dat ik mi de niiiii nich köpen dä un ik hoff noch, dat Fränki glieks vörbischoten kümmt un seggt: »Schatz, Höööölle heute, hast Du Zeit mitgebracht?«, dat ik weenichsens een vun de Zeitungen ok dörlesen kann.
He kümmt ok anschoten, over he hett sien lütten Utensilien-Rolli un sien Hocker al dorbi, sett sik hen un seggt: »Du? Liebelein? Sach mal Deine drei Lieblingstiere?«
»... hhhhh«, segg ik, un reeg mi jümmer noch över sien blödet ›Liebelein‹ op, wat ik eenfach nich mehr höörn kann ...
»Nee, nich nachdenken, einfach sagen«, seggt de Mann, de 'n ganzen Daag nix anners deit ...
»Fränki«, segg ik, »man kann nicht einfach ›sagen‹, ohne nachzudenken ...«
»Dooooch«, seggt Fränki, »kann man, los sach mal!«
»Drei Lieblingstiere«, segg ik, un versöök so Tiet rut to schinen ..., »ich sach mal Möpse, Kühe und Meerschweinchen ...« un denn fangt he dat Lachen an un meent, dat de Psychologen nu rutfunnen hebbt, dat dat eerste Tier, wat man seggt, man

sülver is, un dat man dat tweete Tier, wat man seggt, geern sülver ween much, un dat drütte Tier is dat, as en sien Fründ süht.

»Och«, dink ik, Mops un Koh, dat kummt woll hen, over mien Fründ is doch keen Meerschweinchen! Also ik sehg em doch nich as Meerschweinchen!

Bi'n besten Willen nich!

Mit Meerschweinchen, dor kenn ik mi ut!

Wenn ik mien Meerschweinchen fröher mol in mien Zimmer free rümlopen loten dä, denn knappern de mi allns kaputt, un de kunnen quieken un dorbi lopen un gliekstiedich ok noch Köttels moken.

Allns op eenmol. Dat kann mien Fründ nich. Dat weer mi jo opfullen, den loot ik jo ok free in de Wohnung rümlopen

Over op'n Kopp, dor kunn Fränki Recht hebben, dor süht he würklich 'n beten ut, as 'n Meerschweinchen.

»Guck«, seggt Fränki, »Freu Dich doch!« Bruce Willis, de worr sik jo nu siene Hoor klonen loten, wiel he jo sülvst meist keen mehr hett.

Dor nehmt se sien ›Haarwurzelzellen‹ un sprütt em de ünner de Kopphuut wedder rin, un …

»Zack«, segg ik, »süht de ok ut as 'n Meerschweinchen, dat to oft in't Fitness-Center lopen is.«

Un as ik so mit mien Kopp över't Waschbecken hang, stell ik mi vör, wo de Welt woll so in dörtig Johr, wenn ik mol olt bün, utsüht.

Wenn se jümmer mehr Potenzmiddel erfinnen dot,

over jümmer noch nix gegen Alzheimer funnen hebbt, un wenn de Minsch jümmer öller warrt, over nüms mehr unse drütten Tään betohlt ...
Wohrschienlich loopt denn överall op de Stroten ole Lüüd rüm, de op'n Kopp utseht, as graue Meerschweinchen ohn Tään, de spitz sünd as Nachbars Lumpi, dat over sülvst gor nich mehr markt.

De Mangelerscheinung

Jümmer wenn ik wat vör heff un wo hen mööt, denn liggt wedder jichtenswo 'n Rucksack rüm. Mannigmol koom ik gor noch eerst ut'n Huus, wiel in de Mülltünn, ünnen vör de Döör, wedder 'n Rucksack funnen worrn is, ode ik mütt wedder rut ut de S-Bohn, wiel wedder en sien Rucksack vergeten hett, ode, un dat is dat Schlimmste, ik sitt an'n Flughoven, un warr mol even evakueert, wiel jichtenswo so'n Rucksack rümsteiht.

Ik weet al jümmer, wat passeert, wenn se an'n Flughoven dörseggen dot: »Der Fluggast, der seinen schwarzen Rucksack im Terminal 1 hat stehen lassen, wird unverzüglich zu seinem Gepäckstück gebeten!«

Un den kannst' de ganze Wartehall sehn, wo se sik all gliektiedich de Hannen vör't Gesicht haut, de Händis wedder anstellt un al mol ehrn ›Termin‹ in sünstwo anroopt, dat dat villicht doch nix warrt.

Kinners, dot mi 'n Gefallen!

Wenn ji jo 'n niegen – un dorto noch schwatten – Rucksack kööpt, schmiet den olen nich eenfach jichtenswo in de Tünn, loot den ok nich eenfach jichtenswo liggen, bitte, ik koom dor nich mehr gegenan.

Dat köst mi so veel Tiet ... un Nerven!

Nehmt so'n olen Rucksack an besten mit no Huus un eet den op!
Denn kann dor nix passeern!
Ik sitt nu also evakueert an Flughoven un do dat, wat ik eegentlich meisttiets do: ik tööf! Wat al schlimm is. Noch schlimmer is over, dat ik dat vulle ›soziale Programm‹ üm mi rüm direktemang mit krieg, of ik dat will ode nich!
»Du hast ja auch so viele geplatzte Äderchen im Gesicht«, seggt de Mann to de Fruu, de blangen mi seet. »Du bist sowieso eher der Gefäßtyp, darum hast Du auch diese Krähennester an'ne Beine.«
»Krähenfüsse«, seggt de Fruu, un ik wunner mi, dat se nich mehr to seggen harr.
»Dann kommen auch bald die Krampfadern«, seggt he, »Du hast echt gravierende Mängel!«
Also, dat gifft dat jo woll nu nich! Woso seggt de Fruu nix?
Un as he no't Klo hen is, dor segg ik wat... to ehr:
»Entschuldigung, dass ich mich einmische, aber die größte Mangelerscheinung, die Sie haben, die ist ungefähr 1,80 groß und ist grad auf dem Weg zum Klo!«

Vör de Sekerheitskuntroll

Annerdoogs stünn ik mol wedder op'n Flughoven vör de Sekerheitskuntroll in'n bannig lange Schlang un heff noch so dacht: Minsch, wat hebbt de Männe dat doch eegentlich goot! De treckt sik morgens ehrn Antoch an, un – zack – seht se goot ut.
Mookt jümmer 'n gode Figur un 'n schlanken Foot!
De Männe liegt nich, so as ik, nachts in't Bett un dinkt dor över no, wat se woll den neegsten Dag antreckt! Se koomt ok nachts nich ut'n Schloop hooch schoten, wiel se infallt, dat de rode Lieblingsbluus jo noch in de Wäsche liggen deit. Se stoht denn ok nich op, so as ik, un wascht dat Ding noch gau mit de Hannen dör un haut de Heizung örnich wat höger, dat de Bluus ok blots bit annern Morgen dröög warrt, üm denn an't Enn doch 'n annere antotrecken, so as ik!
So'n Mann, de hier vör de Sekerheitskuntroll steiht, de kummt morgens hooch un noch vör he överhaupt dinken kann, springt he in een vun sien söven graue Antööch ... un ferdich.
Dat gifft eegentlich blots een Momang, wo so'n Mann in so'n grauen Antoch mol kört dat Gesicht verleert ... un dat is hier, vör de Sekerheitskuntroll.

Wenn se dor to em seggt: »Bitte ziehen Sie das Jacket aus, und den Gürtel bitte hier in die Wanne rein, und Laptop ... Schlüssel ... Portemonai ...«

Denn kannst dat wohre Elend mol kört opblitzen sehn. Wo sien Moors in sik tosomen fallt, wenn Schlödel un Portemonai dor rut sünd, un de Jack dor jo ok nix mehr kascheern kann.

Wo de Büx mitmol hangen deit, wenn dor keen Gürtel mehr ümto sitten deit.

Düsse dree Minuten, wenn se nokieken dot, of he dor nich doch villicht Sprengstoff in sien Jack binnen sitten hett, de langt, üm mit antosehn, wo so'n Mann mol kört in sik tosomen sackt.

Wenn se denn keen Sprengstoff funnen hebbt, wat jo meisttiets de Fall is, un wenn he wedder allns an'n Mann hett, denn is dat – zack – as dör een ›Zauberei‹, allns wedder dor. De schicke Mann, in den grauen Antog, mit den schlanken Foot.

De Fruuns hier in de Schlang köönt over ok zaubern.

Nu dreegt de jo meisttiets keen Antogjacken. Nee, Fruuns hangt sik Pullis üm 'n Moors. Dormit kriegt se nich blots achtern den Moors, sünnern, dör den Knütten vun de Ärmels, ok noch vörn den Buuk weg kascheert.

Dat is 'n ›super Zaubertrick‹: kannst' achtern lang ruut hangen loten un müsst vörn dien Panz nich de ganze Tiet intrecken.

Un statts Laptop hebbt de Fruuns so groote Woterbuddels in de Hannen.

Ok so'n Pest, düsse Fruuns, de överall, wo se stoht un goht, düsse pisswarmen Woterbuddels mit sik rümschleept, un all fief Minuten 'n groten Schluck dor rutsuugt, wiel se mol jichtenswo leest hebbt, dat se dör kolet Woter drinken een Drüttel mehr an Kalorien verbruukt.

Un de dicksten Fruun hebbt jümmer de gröttsten Buddels. De verbruukt doch alleen dorför, dat se düsse pisswarme Brühe mit sik rümschleept een Drüttel mehr an Kalorien.

Dat ›2-Liter-Buddel-Model‹ hier vör mi inne Schlang ›entzaubert‹ sik jüst: se packt allns in'n Wann, sogor den Woterbuddel ... »Und den Pulli bitte auch«, seggt de Sekerheitsmann ...

Mien Gott, dink ik so bi mi, as of de Fruu woll nu den Sprengstoff in ehrn ›Zauber-Pulli‹ sitten hett!

De sitt doch achtern bi ehr in de Büx! Dat kannst nu doch goot sehn!

Kirschsaft ode Beer?

Ik stieg mol wedder in'n Fleger un vendoog liggt dor nich blots de ›Tageszeitung‹, nee, vendoog liggt dor ok noch den ›Playboy‹.
Dat is jo lustich, dink ik, un fang sofort, as ik sitten do, an to kieken, keen sik dor woll nu so morgens Klock 11 in so'n Fleger den ›Playboy‹ mit op sien Platz nimmt ... un, zack, sitt dor ok al een blangen mi, de sik dat Ding in'ne Zeitung rullt harr, un nu, wo he sik unbeobachtet föhlt, rullt he dat wedder ut un fangt an to lesen ... also to kieken!
Ik lach em an, he lacht wedder trüch, ik kiek lang op sien ›Playboy‹ un froog: »Na, wegen der interessanten Interviews?« ... He höört op to lachen, ik mutt noch mehr lachen un denn kiekt wi beide wedder dol, jeedeen in sien eegen Blatt!
Un as de Tofall dat nu will, lees ik in mien Zeitung ünner ›Wissen‹ de groote Överschrift:
›Auch Affenmänner sehen gerne nackte Hintern!‹
Ik müss so lachen un harr mien ›Playboymann‹ den Bericht geern glieks luut vörleest, over mi full jüst noch rechttietich in, dat ik düssen Mann eegentlich gor nich kennen dä un dat em dat nu so un so al pienlich noog ween weer, dat ik em op sien Zeitschrift anschnackt harr.
Vun Rhesus-Affen wüssen de Forschers bit nu

man blots, dat de absolute Experten sünd, wenn dat üm Fruchtsaft geiht.
Un överhaupt för Kirschsaft loot düsse Affen allns stohn un liggen.
Naja, allns nich ganz!
De männlichen Rhesus-Affen weern nämlich sofort dorbi, ehrn Kirschsaft her to geven, wenn man jem Biller vun ›paarungswillige Weibchen‹ wiesen dä. »Praktisch alle Affen-Männchen geben Fruchtsaft ab, wenn sie dafür ein weibliches Hinterteil zu sehen kriegen«, seggt de tostännige Neurobiologe in den Bericht.
As nu de Stewardess mit ehr Minibar anschoben kümmt, dor fangt för mi de Sposs jo eerst richtich an. Of sik de ›Playboymann‹ woll Kirschsaft bestellt? Un gifft dat den överhaupt in so'n Fleger? Ik bün so opgeregt un kann dat meist nich aftöven bit ...
»Saft oder Bier?«, froogt se em. »Ich nehm 'n Saft«, seggt he, »im Bier sind mir zu viele weibliche Hormone, ich werd dann immer so sabbelich und kann nicht mehr einparken, und ihren Zeitungsbericht, junge Frau,« seggt he un kickt mi lang dorbi an, »den kenn ich schon. Den hab ich nämlich selber geschrieben!«

Logorrhoe

Ik sitt in Spanien in mien Hotel-Restaurant un will wat eten.
»Samma, hier meine Visitenkarte verteilen, hmm, Schatzi? Das wär 'ne Goldgrube, was?«, seggt de Mann, de tofällich mit mi an'n sülven Disch sitt.
›Schatzi‹, de blangen em seet, weer woll gode dörtig Johr jünger as he, un meist twintig Pund mogerer, as de Dörschnitt hier an'n Disch, un denn seggt ›Schatzi‹ mit vullen Mund: »Boah, echt, das wär ja wohl geil ... aber am Strand wär noch besser, da die Visitenkarten verteilen, da sind die noch fetter als hier ...«
Woso koom ik eegentlich jümmer an so'n Disch to sitten, wo mi de Vörspeise al quer in'n Hals hangen blifft, wenn de eerste Minsch den Mund open mookt? Un denn froogt ›Schatzi‹ em: »Samma, welche Farbe hat das Fett eigentlich, wenn Du denen das absaugst?«
»Naja, so gräulich schimmert das«, seggt he.
»Mhhh«, seggt se denn, »aber wenn ich 'ne Hungerkur mach, ne, dann müsste doch meine Pipi auch gräulich schimmern, da is doch dann das Fett drin, und Fettaugen hab ich da auch noch nie drauf gesehen ...!«
So, nu langt mi dat!

Ik weer nu man jüst eerst bi de Vörspeise, over vör he noch antworten kunn, weer ik op'n Schlag satt. Ik leet, so luut, as ik dat kunn, mien Mess un Govel op'n Töller fallen, segg noch gau tschüss to mien Fisch, stünn op, trock, so goot as dat man güng, mien Buuk in, de to'n Glück vun dat weenige Eten noch nich ganz so vull freten weer, un leep weg, vör ik hier an'n Disch de Eerste weer, de vun em sien Visitenkoort tosteken kreeg.

Un noch in't Rutgohn fallt mi dat Woort wedder in, wo ik even an'n Disch de ganze Tiet no söcht harr: Logorrhoe.

Dat harr ik annerdoogs in de Zeitung leest.

Logorrhoe is de niege Süük in Düütschland!

›Übersteigerte, dümmliche Schwatzhaftigkeit!‹ heet dat översett.

Of de vun'ne Zeitung woll weet, dat de Düütschen dat nu ok al no Spanien schleept hebbt?

Un of ik mol in't Tropeninstitut in Hamborg anropen schall?

Dat kunn 'n Epedemie warrn.

Ik meen in Thailand hebbt se domols veertig Millionen Höhner afmurkst. Prophylaktisch. Un de blöde Hehn dor even an'n Disch, de weer wiss al infizeert.

Ik harr sogor den Indruck, bi de beiden weer de Virus al mutiert.

Dor weer dat al mehr so'n ›Geistige Diarrhö‹. Un ik wüss man nich, of mien Kohlekompretten, de ik dorbi harr, of de dorgegen hölpen dään.

Sünsten harr ik jem de hier venovend jo al mol ünner't Eten mischen kunnt. So as man dat mit de Tabletten för de Hunnen un Katten deit, wenn de Wörms hebbt. Eenfach in de Mettwuss rin stoppen un denn loot jem dat man freten.

»Willkommen im Club!«

Ik koom jüst ut'n Urlaub. Vun de Kanaren. Un dor heff ik mienen eersten Club-Urlaub mookt. Ganz alleen. Beides – Club un alleen – harr ik noch ni nich mookt, over de Fruu in't Reisebüro hett meent, dat is genau dat, wat ik söök!
Nich so gruselich un anonym, as alleen in'n grootet Hotel, wo dat womööglich 'n Week duurn kann, bit se mi find't, wenn mi mol en ümbröcht hett, un nich so anbaggerich un discothekich, so dat du dien Roh hebben kanns ... wenn du wullt!
Un wat schall ik jo seggen? Een mol un ni wedder!
Alleen al de Zimmer: spanisch, spartanisch!
»Ja«, seggt de Fruu an de Rezeption, as ik no wat puscheligeret frogen dä, »dat is extra so, dormit en nich toveel in sien Zimmer rümhangt, sünnern sik wat mehr an de Animateure ranhangt!«
Ik wull mi over nich an jichtenseen Animateur ranhangen. Wenn överhaupt, denn wull ik mi an den Tennislehrer ranhangen.
Over dor hungen al so veele an, dat ik eegentlich blots noch mien Roh hebben wull.
Dat duur ok nich lang, bit ik rut harr, dat eegentlich blots Witwer, Witwen un Minschen, de unbedingt Kontakt söökt, hier Urlaub mookt.

Egool wo olt, un egool of körperlich, geistig ode verbal!

Jeedeen söcht wat anners. Over Kontakt söökt se all!

Blots ik nich!

»Oh, so jung und schon Witwe...«, kunn ik dat in de Ogen vun de Fruuns lesen, as ik an'n eersten Ovend to'n Eten rinkeem.

»Sieht gar nicht so aus wie eine, die keinen abgekricht hat«, kunn ik dat in de Ogen vun de Männe lesen, as ik an'n tweeten Ovend to'n Eten rinkeem.

An'n drütten Ovend sett ik mit'n 60 johrigen Mann an'n Disch.

Ik wull nich mehr bi de Ehepoore an'n Disch sitten, wo mi de Fruuns jümmer mit düssen ›Das ist meiner, such Dir selber einen‹ Blick ankieken dään.

›Mien‹ 60 johrigen weer nett over langwielich, schwärm vun mien rode Hoor, de grau sünd, vun mien blaue Ogen, de bruun sünd, vun mien lustigen Ruhrpott-Dialekt, de ehrder noorddüütsch is, un as he mi frogen dä, of ik Ieswürfel in mien Rootwien hebben much, un ik em trüchfrogen dä, siet wann en denn Rootwien mit Ieswürfel drinken deit, dor seggt he: »Oh, das ist Rotwein, entschuldigung, aber ich kann heut so schlecht gucken, ich hab heut so'n Fettfilm von'ne Sonnencreme auffe Augen« ... »Und in'ne Ohren?«, froog ik ... »Wie bitte?«, seggt he.

An'n veerten Ovend heff ik mi bi dree Fruuns mit an Disch sett.

»Und?«, versoch ik de Runde 'n beten wat optolockern, »die Männer mal schön zuhause gelassen?«

»Nein«, seggt eene vun de dree 'n beten wat bedrüppelt, »unsere Männer sind tot!«

Un mi bleef de ›Los Forellos de Mülleros‹ so lang quer in'n Hals sitten, bit eene vun de dree Fruuns anfung to lachen un seggen dä: »Och, macht nix, das ist dem Herren mit dem Fettfilm auffe Augen auch schon passiert!«

Un so worr dat doch noch 'n richtich lustigen Ovend in'n Club.

Ik mit miene dree Witwen … »Prost«, reep eene vun de dree un wi drunken eerstmol 'n örnichen Rootwien … op Ies!

Willkommen im Club!

Nach zwei erfolgreichen hochdeutschen Alben nun die Überraschung des Jahres nach Müllerin Art:

Ina Müller

„DIE SCHALLPLATTE – NIED OPLEGGT"

Eine Wiederauflage des Albums „Die Schallplatte" aus dem Jahr 2004 – mit 12 neu aufgenommenen Songs. Neben 3 eigenen, ganz neuen Liedern sind 9 Coversongs auf der CD zu finden u. a.:

- **Dörp Reagge** (Original "Lemon Tree")
- **Lockiget Hoor** (Original "Knocking On Heavens Door")
- **Dat weer Mai** (Original "I Believe I Can Fly")
- **Veel to olt** (Original "Fields Of Gold")
- **De Wind vun Hamborg** (Original "I've Never Been To Me") u. v. a.

AB DEM 30. OKTOBER 2009 ÜBERALL IM HANDEL ERHÄLTLICH.

www.105music.com · www.inamueller.de